La menace 732

La collection *L'Aube noire*
est dirigée par Manon Viard

www.editionsdelaube. com

ISBN 978-2-8159-4903-3

Frédéric Potier

La menace 732

roman

éditions de l'aube

Du même auteur

La matrice de la haine, L'Observatoire, 2020
Pierre Mendès France, la foi démocratique, Bouquins, 2021

À la mémoire de Luc Laventure

Le récit qui va suivre est évidemment une œuvre de pure fiction.

« Conjuration, nom féminin : entente secrète entre plusieurs personnes qui ont juré de renverser le pouvoir établi. »

« Coup d'État, nom masculin : machination politique par laquelle on prend ou tente de prendre le pouvoir en violant les lois ou les règles constitutionnelles. »

Dictionnaire de l'Académie française
(9e édition)

Première partie
Ouverture

« Je l'espère et je le crois. Je le crois parce que je l'espère. »

Léon Blum

Décryptage

Paris, Maison de la Radio, France Inter
25 avril, 8 h 20

« Bonjour à tous. Aujourd'hui, matinale spéciale consacrée au décryptage du second tour de l'élection présidentielle avec pour invité le directeur de l'Observatoire national de la vie politique.

— Bonjour.

— Première question : comment va la France au lendemain de ce second tour de l'élection présidentielle qui a déchiré les Français et vu la candidate de gauche l'emporter de justesse face à la candidate d'extrême droite ?

— Il faut hélas faire le constat d'un pays complètement divisé, fracturé en deux camps qui ne se sont pas épargnés pendant la campagne. Certes, la participation a fortement progressé, mais ce regain de civisme ne s'est pas couplé avec une amélioration de la qualité du débat public. Au contraire, on a assisté à des discours de plus en plus radicaux et agressifs. Sur le plan purement électoral, la nouvelle présidente ne l'a emporté qu'avec cinquante mille voix d'avance, ce qui lui donne une légitimité très fragile et un capital politique très mince pour appliquer son programme.

— Justement, revenons sur cet écart de voix. Une démocratie comme la nôtre est-elle gouvernable avec une si faible majorité ?

— Vous avez raison de poser cette question. Je ne suis pas le Conseil constitutionnel et il ne m'appartient pas de désigner le vainqueur. Mais j'observe avec beaucoup d'inquiétude les manifestations spontanées qui ont dégénéré hier soir, à Paris et en régions. Une partie des Français refuse encore ostensiblement de considérer le processus électoral comme achevé. À l'image de ce qui s'est passé fin 2020 aux États-Unis avec Donald Trump, lorsque les plus extrémistes de ses sympathisants n'admettaient pas leur défaite et dénonçaient une "élection volée".

— D'ailleurs, des groupuscules non identifiés ont commencé à peindre sur les murs des ministères les mots "DICTATURE" ou "VOLEURS". On vit vraiment une situation de tension sans précédent…

— Oui, c'est sans précédent. Même au second tour de la présidentielle de 1974 ou au premier tour de celle de 2002, les écarts de voix n'avaient pas été aussi réduits, ni la tension aussi forte.

— Le Conseil constitutionnel va-t-il quand même valider les résultats ?

— La loi est claire, le Conseil constitutionnel ne peut annuler le scrutin que si les opérations électorales ont été viciées et que le résultat final a été biaisé. C'est sa responsabilité… et il dispose d'une semaine pour se prononcer.

— Et comment voyez-vous les élections législatives à venir ? On sait qu'un président de la République sans majorité parlementaire serait condamné à l'impuissance.

— Les élections législatives sont un peu le troisième tour de l'élection présidentielle. Un troisième tour qui se joue dans cinq cent soixante-dix-sept circonscriptions. Par définition, en démocratie, rien n'est joué d'avance. Tout est ouvert : l'hypothèse d'un élan prolongeant la présidentielle, tout comme une cohabitation.

— Je retiens vos mots : "Tout est ouvert", donc, pour les élections à l'Assemblée nationale, dont vous pouvez rappeler les dates pour nos auditeurs…

— Les Français se rendront à nouveau aux urnes les 12 et 19 juin.

— Merci et bonne journée ! »

Gustav

PARIS, CATHÉDRALE DES INVALIDES
26 AVRIL

Gustav ressentait toujours une émotion particulière lorsqu'il entrait dans la cathédrale Saint-Louis-des-Invalides. Érigé par Louis XIV en hommage à Saint Louis, le roi des croisades, le dôme accueille ce qui subsiste de la mémoire perdue de la France guerrière et conquérante. Les cendres de l'empereur Napoléon Ier y reposent. Tout comme les dépouilles des derniers « grands » soldats : Foch, Lyautey, Leclerc…

Il posa sa carcasse d'ancien légionnaire sur un banc fragile qu'il fit trembler. Son physique de colosse tenu à l'étroit dans un uniforme d'honneur de l'armée de terre ne passait pas inaperçu. Pas plus que son crâne rasé luisant ou son cou musclé laissant deviner l'existence de nombreux tatouages sous ses vêtements.

Dans la nef, un cercueil recouvert d'un drapeau tricolore, en hommage au défunt, occupait l'espace central. Sur les bancs, pas plus d'une dizaine de vieux grognards, béret vissé sur la tête, diverses médailles pendant au veston. Des membres de la famille et quelques officiers assistaient à la messe. Gustav n'avait pas bien connu le mort, il l'avait croisé à quelques reprises dans des conférences consacrées à l'histoire de l'armée française. Il avait appris incidemment que ce vieux monsieur toujours assis au premier rang était le dernier officier ayant participé au *putsch* d'Alger du 21 avril 1961. Le vieux avait tenu de toutes ses forces et était décédé un 21 avril, comme un ultime geste de défi.

Pour Gustav et quelques autres nostalgiques de l'empire colonial français, ce jour-là, le 21 avril 1961, l'armée avait pris toutes ses responsabilités. Elle s'était rebellée contre de Gaulle, ce traître qui avait entraîné l'Algérie à sa perte. Le défunt avait suivi courageusement ses chefs, les généraux Challe, Jouhaud, Salan et Zeller. La propagande gaulliste en a fait un « quarteron » alors que ces hommes s'étaient battus courageusement au cours de la Seconde Guerre mondiale, dans le désert libyen, en Égypte, en Normandie, à Paris ou en Alsace. Mais tout cela, c'était avant la trahison des politiques. D'abord la trahison des hommes de la IVe République, ces bradeurs d'empire qui avaient perdu l'Indochine, puis la Tunisie et le Maroc. La Ve République de de Gaulle ne valait guère mieux. Incapable d'assumer une répression brutale, la seule réponse tenable comme l'avaient théorisée puis appliquée le colonel Massu et ses paras dans les rues de la casbah d'Alger. C'est à cette grandeur perdue de l'armée française que songeait Gustav dans l'église froide et humide des Invalides. Seule lui réchauffait le cœur la collection des drapeaux pris à l'ennemi accrochés en hauteur des deux côtés de la nef centrale de la cathédrale.

Subitement, un groupe de jeunes officiers se leva comme un seul homme et vint s'emparer du cercueil. Ils le calèrent sur leurs épaules et sortirent de l'église en criant : « Algérie française ! Politiciens, trahison ! Honneur à l'armée ! » sous les yeux des officiels et des membres de la famille du défunt sidérés devant la tournure que prenaient les funérailles de l'ancien soldat. La petite troupe de jeunes hommes entoura le cercueil, effectua un dernier salut militaire, comme pour signifier la primauté des valeurs des armes jusqu'à la mort, puis se disloqua.

Après cette cérémonie quelque peu perturbée, le lieutenant-colonel Guillaume de Mirepoix vint à la rencontre de Gustav. Adjoint du gouverneur militaire de Paris, dont les bureaux étaient situés dans le bâtiment, Guillaume de Mirepoix était grand, sec et émacié, avec un regard d'acier bleu gris qui ne laissait jamais place au doute ou à l'interrogation. Il affichait en toute occasion une foi catholique ardente et des idées nationalistes bien affirmées. Grand lecteur de Charles Maurras, il tentait régulièrement de convertir ses plus jeunes soldats à ses conceptions ultraconservatrices. Il s'était récemment entiché des écrits d'un théoricien à la mode, pourfendeur d'un « grand remplacement », qui l'avait reçu dans son château du Gers et l'avait exhorté à agir, à ne plus subir, à faire face aux multiples invasions barbares qu'il estimait pervertir le sang et la destinée de la France.

Gustav avait servi sous ses ordres au Kosovo puis au Sahel. Sans forcément tout comprendre des analyses géopolitiques de son supérieur, il adhérait à sa vision du monde. Il ressentait lui aussi le besoin de stopper l'hémorragie, de reprendre le contrôle.

En résumé, de repasser à l'offensive.

Les sages

PARIS, PALAIS-ROYAL
29 AVRIL

La capitaine Nina Meriem avait été appelée en renfort des troupes qui stationnaient aux abords du Palais-Royal où le président du Conseil constitutionnel, un ancien Premier ministre, allait proclamer les résultats de l'élection présidentielle. Des manifestations importantes, susceptibles de dégénérer, étaient annoncées. Le commissariat du Ier arrondissement était sur le qui-vive. Le commissaire de police en charge du dispositif avait en conséquence sollicité et obtenu des effectifs supplémentaires pour sécuriser la zone. Nina Meriem devait rejoindre à compter du 1er mai la prestigieuse Direction générale de la sécurité intérieure (DGSI) pour y piloter une petite équipe chargée de suivre les mouvances d'extrême droite. Mais elle n'avait pas pu refuser à son ancien patron une dernière vacation, et se trouvait ainsi face à une foule compacte et hostile.

Née d'un père kabyle et d'une mère marocaine, elle avait passé son enfance en Corse avant de suivre des études de droit sur le continent, à Aix-en-Provence. En réalité, elle avait consumé sa jeunesse à militer contre des injustices, dans un syndicat lycéen, puis au sein d'Amnesty International, dont elle était même devenue pendant une brève période secrétaire générale. Elle avait organisé des marches, des concerts militants, des manifestations, des rassemblements, des occupations, des pétitions, des tribunes..., puis elle s'était lassée, déprimée par le peu d'efficacité de ce mode d'action. Après une longue réflexion, une petite dépression et un premier divorce d'avec un mari jaloux, elle prit une décision que personne ne comprit : elle s'inscrivit au concours d'officier de police, qu'elle réussit. À la sortie de l'école de police, elle eut la « chance » d'atterrir dans un commissariat de banlieue parisienne où elle fut repérée par le directeur chargé du renseignement territorial. Elle avait ainsi rapidement bifurqué vers les services de renseignement de la préfecture de police, domaine sensible et compliqué supposant discernement, vigilance et capacités d'anticipation. Elle avait obtenu quelques années plus tard, à sa grande satisfaction, sa nomination à la DGSI[1]. Comme l'antiterrorisme islamiste attirait tous ses collègues en manque d'action, elle n'avait eu aucun mal à obtenir la tête de la division « T5 » en charge du suivi des groupes violents d'extrême droite. Depuis quelques semaines, elle s'était plongée dans tous les dossiers concernant la grande nébuleuse des néonazis et des suprémacistes blancs opérant sur le territoire français. Tout un programme...

Positionnée dans une petite rue secondaire donnant sur l'Opéra Garnier, elle regardait hurler de jeunes hommes

1. Direction générale de la sécurité intérieure.

brandissant des pancartes couvertes de slogans haineux. Simultanément, elle jetait de petits coups d'œil nerveux sur son téléphone, branché sur une chaîne d'info en direct.

*

À quinze heures pile, à l'intérieur du Palais-Royal, le président du Conseil constitutionnel se présenta à son pupitre avec un air grave et solennel, puis lut une brève déclaration.

« Mesdames, messieurs, le Conseil constitutionnel s'est réuni aujourd'hui pour examiner l'ensemble des requêtes qui ont été portées à sa connaissance. Après avoir statué sur les réclamations mentionnées dans les procès-verbaux, opéré diverses rectifications d'erreurs matérielles et procédé aux redressements nécessaires, il a estimé qu'aucune irrégularité n'avait pu altérer la sincérité du scrutin.

« Je ne détaillerai pas les motifs qui figurent dans notre décision et j'irai à l'essentiel. En vertu des articles 6 et 7 de la Constitution, le Conseil constitutionnel que j'ai l'honneur de présider proclame Mme Martine Bordas présidente de la République française. Elle prendra ses fonctions à compter de la cessation de celles de son prédécesseur, soit au plus tard le 2 mai prochain. »

La décision des neuf sages composant le Conseil constitutionnel provoqua immédiatement une vague sonore de mécontentements. Les hurlements redoublèrent à l'extérieur du Palais-Royal. Un petit groupe de skinheads habillés de cuir noir vociférait : « Honte ! honte ! honte ! » Des vieilles dames se mirent à genoux, priant « pour le salut de la France ».

Des canettes de bière volèrent vers les barrages de police. Finalement, après une *Marseillaise* virile et une série d'insultes qui ne firent pas broncher les CRS présents, les manifestants se dispersèrent, promettant toutefois de revenir…

Nina Meriem se dit que ce nouveau job à la DGSI n'allait pas être de tout repos. De retour au bureau, elle formalisa sa demande administrative pour suivre un cours à Sciences Po pendant la période estivale. Après des années de terrain, elle avait besoin de mettre à jour ses connaissances universitaires… et puis refaire un peu de culture générale lui ferait du bien, dans la perspective de passer un jour le concours de commissaire de police.

Gustav (suite)

PARIS, CHAMP-DE-MARS
30 AVRIL

Gustav ruminait sa peine et son ennui en traversant le Champ-de-Mars, face à la tour Eiffel. Il était de retour à Paris après trois mois passés sur l'île Amsterdam, à l'extrémité sud de l'océan Indien, à surveiller les oiseaux et à hisser le drapeau tricolore tous les matins. Trois mois à subir les jérémiades de scientifiques amoureux de la nature. Leur vie se résumait à répertorier les espèces rares et protégées, si rares que personne n'en avait absolument rien à foutre. Gustav avait été expédié là-bas pour se faire oublier. Un peu.

Tout cela à cause d'un petit incident dont il attendait qu'il se tasse. Un videur maghrébin avait voulu le virer, lui l'ancien légionnaire, d'une boîte de nuit à Toulon. Le con, il avait pris une sacrée dérouillée. Résultat, les collègues du videur avaient rappliqué, bagarre générale, et trois mecs à l'hosto dans un état grave. Son poing américain avait fait des merveilles contre les basanés. Fallait pas le chercher. Il avait combattu au Mali, au Niger, en Syrie, contre les barbus, les bicots, les islamos, c'était pas pour se faire emmerder de retour sur le sol français.

Il avait passé des nuits entières, harnaché comme une mule, à patrouiller dans le froid ou sous la chaleur pour intercepter un ennemi insaisissable. Mais il était là, l'ennemi ! Là, devant lui ! À portée de main ou de fusil ! Avec un costume noir pourri à trente euros et une petite cravate noire de tarlouze. Ils pensaient faire peur à qui, les mecs ? Bref, pour avoir démonté la tête à un clown minable, il était passé en conseil de discipline, mutation forcée chez les pingouins, puis retraite anticipée. Et là, il galérait. Il fallait qu'il trouve un job, ou un ange gardien.

Général Etchégarray

Paris, XVe arrondissement
1er mai

Le général Jean-Pascal Etchégarray, que ses hommes avaient surnommé au fil du temps « Etché », ce qui signifie aussi « maison », en basque, songeait à cet inextricable sac de nœuds qui lui tombait sur les bras. Il était soldat, mais il sentait bien qu'il allait se retrouver dans une tempête politico-médiatique puissamment alimentée par des pompiers-pyromanes en tous genres implorant une ingérence militaire.

Il se demanda un instant s'il n'aurait pas dû prendre sa retraite plus tôt et se la couler douce sur ses terres natales. Il n'avait pas écouté son épouse, une juriste franco-allemande experte en arbitrage international qui rêvait de profiter de leur maison secondaire d'Anglet, face à l'océan Atlantique. Mais à cinquante-sept ans, il n'aspirait pas au repos. Il était physiquement en pleine forme. Les cols des Pyrénées n'avaient aucun secret pour lui. Chaque année, ses trois fils trentenaires s'avouaient vaincus dans l'ascension du Tourmalet à vélo. Le week-end, il taquinait la balle contre l'un des rares frontons permettant de jouer à la pelote basque dans le XVe arrondissement. Enfin, il n'hésitait pas à emmener courir chaque matin ses jeunes collaborateurs pour un petit dix kilomètres sur les berges de la Seine.

Intellectuellement, il se sentait également en pleine possession de ses moyens. Il avalait des notes techniques à la douzaine et signait des piles de parapheurs. Aussi exigeant avec lui-même qu'avec ses troupes, il attendait qu'on lui prépare des briefings précis et que tous les scénarios soient examinés avant de soumettre une proposition d'arbitrage à ses autorités politiques. Doué pour les langues, il avait appris facilement l'italien et l'allemand, ce qui lui avait permis de faire un séjour prolongé au siège de l'OTAN à Bruxelles et de commander plusieurs unités sous mandat de l'ONU.

La retraite, très peu pour lui, donc. Il estimait tout au contraire que son devoir de soldat lui interdisait de raccrocher au milieu d'un contexte politique et sécuritaire aussi tendu. Les parties de pêche au large du golfe de Gascogne attendraient. Il sortit d'un pas décidé de l'office dominical de l'église Saint-Jean-Baptiste de Grenelle. Lui, le général Jean-Pascal Etchégarray, le chef d'état-major des armées (le fameux CEMA), ne comptait pas se défiler.

Une rumeur colportait qu'il s'était fait tatouer une Marianne en armes sur le torse, un soir de bagarre contre de jeunes officiers racistes, dans les bars de Djibouti. Passionnément amoureux de son pays, il vénérait plus encore la devise de la République : Liberté, Égalité, Fraternité.

Tribune « pour l'honneur de la France »

Valeurs actuelles
5 mai

Madame la présidente de la République, Mesdames et Messieurs les ministres, parlementaires, officiers généraux,

Nous avons combattu pour la gloire des armes de la France. Nous avons combattu au nom de valeurs morales supérieures et d'une certaine idée de la grandeur de notre pays et de l'Occident.

De retour sur le sol national, nous ne reconnaissons plus notre France. Ce vieux pays fier de ses traditions, de ses valeurs, de ses villages, de ses églises comme de ses écoles. De retour, nous n'y avons vu que des banlieues abandonnées, des accommodements avec la délinquance, de la violence dans nos villes et nos villages. Nous voyons le communautarisme s'installer dans l'espace public. Nous voyons la haine de la France et de son histoire devenir la norme. Vercingétorix, Clovis, Charles Martel,

Charlemagne, Saint Louis, Jeanne d'Arc, Colbert, Vauban, Louis XIV, Napoléon, Lyautey… Ces grands noms seront bientôt bannis de l'Histoire de France au nom d'une idéologie gauchisante. Ne nous trompons pas, il ne s'agit rien de moins que d'anéantir deux mille ans d'histoire et de démanteler notre État-nation pour laisser les rênes du pouvoir à des incapables se vautrant dans des schémas victimaires.

La dernière élection présidentielle a permis à une minorité de partis tous issus de la gauche la plus radicale de s'installer dans les lieux de pouvoir. Loin de vouloir réunir l'ensemble des Français, le nouveau pouvoir, faute de légitimité, s'inscrit dans la surenchère politique et entend mettre en œuvre les mesures les plus scandaleuses de son programme. Démantèlement de l'arsenal atomique français, dénucléarisation totale du pays, partage avec l'Allemagne de notre droit de veto au Conseil de sécurité de l'ONU, retrait de toutes nos bases militaires en Afrique, suicide programmé, PMA sans père[1], coupes drastiques dans le budget des armées… Tout cela nous mène directement à la guerre civile. Et elle sera sanglante, comme toutes les guerres civiles.

Nos aînés, ceux qui ont fait de notre pays ce qu'il est, qui ont dessiné son territoire, défendu sa culture, ont-ils combattu pour que vous laissiez la France devenir un État failli qui camoufle son impuissance par une tyrannie brutale ?

1. Procréation médicalement assistée sans père pour l'enfant.

La menace 732

Agissez, Mesdames et Messieurs. Il ne s'agit pas, cette fois, de formules toutes faites. Il en va de la survie de notre pays, de votre pays. Réagissez, ou nous le ferons pour vous.

Liste des signataires.

Flavio Lumaya

PARIS, HÔTEL MATIGNON
5 MAI, 7 HEURES

Le nom du nouveau Premier ministre surprit l'ensemble des commentateurs. Flavio Lumaya, quarante-sept ans, ne figurait pas dans la liste des favoris pour le poste, et aucune rumeur n'avait filtré des bureaux de l'Élysée. La présidente de la République voulait faire un symbole : désigner comme chef du gouvernement un métis réunionnais, homosexuel et de surcroît juif par sa grand-mère, c'était à l'évidence vouloir incarner presque physiquement la confrontation avec les idées d'extrême droite. Sans compter ce prénom, Flavio, d'origine italienne, qui allait, lui aussi, forcément faire polémique… Politiquement, choisir une figure aussi ancrée à gauche n'était pas innocent. C'était même plutôt habile, un mélange d'audace et d'équilibre, une rupture tout autant avec le pragmatisme sans inspiration des sociaux-libéraux qu'avec l'idéalisme naïf des écologistes ou l'impuissance sans avenir de l'extrême gauche.

Aucun des autres candidats pressentis ne possédait son courage, son charme, sa modestie, son aptitude à concilier l'inconciliable ni, surtout, une intuition politique hors du commun qui lui permettait de contourner les difficultés de toute nature. Et puis, il n'avait aucune casserole judiciaire, aucune condamnation. Les journalistes n'avaient rien trouvé sur son passé, à part un épisode déjà relaté dans la presse locale : il avait sauté dans une piscine sans eau lors de la soirée très arrosée qui avait suivi son premier succès électoral, vingt ans auparavant. Pas de quoi susciter une enquête de *Mediapart*. À peine de quoi inspirer un dessin humoristique dans *Le Canard enchaîné.*

*

La première journée du Premier ministre commença tôt, vers sept heures, par un petit déjeuner de travail avec sa directrice de cabinet pour passer en revue la composition de son gouvernement. Il allait présenter une première mouture de son équipe, qui devait bien sûr recevoir l'assentiment de l'Élysée. Or le chef de l'État, quelle que soit sa couleur politique, ou son tempérament, ne peut s'empêcher d'intervenir dans le processus pour placer un fidèle, récompenser un allié, isoler un rival… Sans compter les ministères appartenant au domaine dit « réservé » – Affaires étrangères et Défense –, pour lesquels le président de la République impose traditionnellement ses choix.

À huit heures trente, le Premier ministre sortit de son bureau, traversa le petit vestibule où patientent visiteurs et conseillers, puis descendit l'imposant escalier de marbre rouge. Après avoir salué les gardes républicains en faction au rez-de-chaussée, il s'engouffra dans une berline noire. Le cortège se mit en chemin en direction du palais de l'Élysée, situé de l'autre côté de la Seine. Escorté par des policiers à moto, suivi de près par un minivan transportant photographe, médecin et conseillers, le cortège officiel ne passa guère inaperçu au milieu des rues du VIIe arrondissement. Pendant le trajet, le Premier ministre eut à peine le temps de relire ses notes et d'écouter le briefing pressé de sa plus proche collaboratrice. Il ne vit ni les feux rouges brûlés, ni les statues dorées du pont Alexandre-III. Son téléphone explosait sous le nombre des messages de félicitations, d'avertissements et de sollicitations.

Arrivé à l'Élysée, le Premier ministre monta à grandes enjambées les marches du perron tout en lançant un petit salut amical aux photographes massés sur le côté. La Présidente reçut son Premier ministre très aimablement. Ils s'accordèrent rapidement sur les noms des principaux ministres, laissant à leurs collaborateurs le soin de vérifier si les intéressés n'avaient ni ardoise fiscale ni affaires judiciaires en cours. Puis la réunion se concentra autour de la présentation d'une ambitieuse feuille de route de transformation sociale et économique. La présidente de la République tenait à ce que les choses soient clairement exposées :

« Dès le gouvernement dévoilé, il y aura une déclaration de politique générale à rédiger en termes inédits pour retrouver une espérance. Il n'y a pas de temps à perdre, le pays a trop souffert des hésitations et des injustices.

— Oui, les cent premiers jours donneront le ton du quinquennat, abonda le Premier ministre. Les rater, c'est s'engluer dans l'immobilisme et la gestion prudente. Les réussir, c'est redonner du souffle à la démocratie française et de l'espérance aux Français, à la jeunesse, à tous ceux qui doutent.

— Pour cela, il nous faut obtenir une solide majorité à l'Assemblée nationale, condition impérative pour donner un sens et un prolongement à l'élection présidentielle. Les premiers sondages nous donnent un très fragile avantage en sièges…

— L'avis de mes conseillers politiques est unanime : il faut mobiliser notre base, cliver, assumer.

— J'approuve. J'attends de vous une première série de décisions fortes qui frapperont les esprits. Je ne veux aucun état d'âme, aucune pudeur, aucune hésitation, avertit la Présidente.

— J'en suis bien conscient. Je vous propose d'y aller franco ce soir, lors de ma toute première intervention au vingt heures de France 2.

— Sachez, monsieur le Premier ministre, que la France ne se réforme pas tranquillement, c'est bien connu. S'il faut assumer des convulsions et des tensions pour avancer, nous le ferons. Après tant d'années à incarner une opposition stérile et espérer l'alternance, enfin les ennuis commencent… »

L'entretien s'acheva au bout de quarante-cinq minutes, puis les deux membres de l'exécutif enchaînèrent avec la longue liste de réunions que leur agenda respectif comportait.

Ténèbres

Paris, siège de la LICRA
5 mai, 13 heures

Le président de la Ligue contre le racisme et l'antisémitisme (LICRA) avait tenu à réunir tous les membres de son équipe numérique pour les remercier de leur mobilisation exceptionnelle. Ils s'étaient dépensés sans compter pour inonder les réseaux sociaux d'argumentaires alertant sur les dangers de l'arrivée de l'extrême droite au pouvoir. Pour faire la différence, il avait fallu batailler dans les forums, y compris ceux de jeux vidéo, là où se trouvaient les jeunes électeurs abstentionnistes. Pour l'occasion, le champagne avait été sorti, mais le cœur n'y était pas vraiment. La victoire avait été très serrée. Pas de quoi pavoiser. Le président de l'association fit sobre et court, sans les effets de manche qui faisaient de lui un ténor du barreau. Il rappela ainsi que rien n'était joué, que les élections législatives qui approchaient seraient décisives. À défaut, le Renouveau national, qui portait finalement mal son nom – ses idées étant assez anciennes et rétrogrades, comme il le rappelait souvent –, pourrait mettre à mal l'État de droit, et l'idée même de justice et de démocratie. Sortir de la Convention européenne des droits de l'Homme, dénoncer tous les traités internationaux en matière d'asile et de droits des femmes, il y avait là des enjeux politiques majeurs qui supposaient que les militants se remettent au boulot immédiatement.

Joh finit son verre et ouvrit son ordinateur. Délégué général au numérique, il replongea dans le *Dark Web* à la recherche de traces laissées par les nombreux groupuscules qu'il avait la charge de surveiller… Pour autant, il se dit que les plus dangereux n'étaient pas ceux qui se cachaient le plus. Sur une chaîne d'information, le préfet Philippe Van den Loos s'en donnait à cœur joie. Sanctionné pour avoir participé à des processions sur la voie publique avec des catholiques intégristes, il avait été éjecté de ses responsabilités de représentant de l'État à plusieurs reprises, mais avait réussi, à force de flagornerie, à retrouver à chaque fois une affectation territoriale en activant ses réseaux ultraconservateurs. À soixante-trois ans, il avait entamé une reconversion professionnelle tonitruante à la télévision comme commentateur-éditorialiste-donneur de leçons. Ses cheveux roux coupés court crevaient l'écran et tranchaient avec la couleur blême de sa peau, sauf lors de ses régulières colères où il devenait alors rouge comme un homard. Cynique et méfiant, il était trop habile pour croire aux idées qu'il professait, et trop empli de préjugés pour respecter les hommes. Sa stratégie préférée avait toujours consisté à créer des situations inextricables en ayant l'air de s'en désintéresser, tout en s'acharnant à les compliquer par mille petites intrigues et fausses confidences visant à semer le doute et la zizanie. Sur le plateau télévisé, il évitait toute nuance et toute pensée complexe :

« Nous les préfets, on sait ce qu'il faut faire. Les policiers aussi, mais nous en sommes empêchés par des juges empêtrés dans leur mauvaise conscience de classe et leur idéologie ! Il faut renverser la table ! Dénoncer toutes ces réglementations européennes qui nous assaillent ! Assumer notre héritage chrétien, nom d'un chien ! Le général de Gaulle résidait à Colombey-les-Deux-Églises et pas à Colombey-les-Deux-Mosquées !

— Vous n'y allez pas un peu fort ? lança d'un ton faussement scandalisé la journaliste censée jouée le rôle de modératrice.

— Mais pas du tout. Je suis même un modéré. Je me trouve très modéré par rapport à tout ce qu'il faudrait dénoncer comme scandales. On sait que cette élection présidentielle a été volée. Mais bien sûr, on ne trouvera pas de preuves, car les gens qui en sont les auteurs sont très habiles, très bien conseillés, aidés par des réseaux occultes très puissants…

— C'est-à-dire ?

— Mais vous savez très bien qui dirige ce pays en réalité ! C'est l'alliance de l'État profond, de la finance internationale israélite, des francs-maçons, du lobby LGBT et des islamo-écolo-gauchistes. Le Premier ministre en est d'ailleurs le digne représentant. M. Lumaya est bien connu pour être le grand architecte de cette entreprise de destruction de la France et de ses valeurs. Qu'il porte plainte pour diffamation si mes propos le dérangent… »

Joh éteignit la télévision du bureau, sidéré par tant de bêtises professées par des gens ayant pourtant fréquenté les plus grandes écoles du pays. Et il replongea dans les affres du *Dark Web*.

Enfin les ennuis commencent

PARIS, FRANCE TÉLÉVISION
5 MAI, 20 HEURES

Le Premier ministre sortit de la loge de France 2 maquillé, coiffé, avec en main des petites fiches cartonnées au format A5 remplies de chiffres, de sigles et de formules prêtes à l'emploi, des punchlines « stabilotées » au marqueur rose. Il tendit son téléphone portable à son chargé de communication et entra sur le plateau. L'interview démarra quelques minutes après la présentation des grands titres.

« Nous recevons ce soir le Premier ministre, M. Flavio Lumaya.

— Bonsoir à toutes et à tous.

— Monsieur le Premier ministre, vous avez été nommé il y a quelques heures. Les Français ne vous connaissent pas. Les meilleurs spécialistes de la vie parlementaire ont même été un peu surpris par votre nomination, qui apparaît pour l'opposition comme une véritable provocation…

— Je ne vois pas pourquoi. Je suis un élu de la République depuis de nombreuses années. J'ai représenté mon territoire, l'île de la Réunion, pendant plusieurs législatures.

Je ne vois pas au nom de quoi il me serait interdit d'exercer cette éminente fonction de chef du gouvernement. C'est un honneur et une forme de reconnaissance pour tous ceux qui ont porté des combats difficiles ces dernières années. Je suis un Premier ministre normal, c'est-à-dire un citoyen avec des convictions.

— Justement, l'opposition craint que votre nomination ne soit le signe d'une approche très militante, pour ne pas dire crispante, des affaires publiques.

— Alors excusez-moi de vous le rappeler, mais nous avons été élus sur un programme précis que les électeurs ont approuvé. Ce programme, nous l'appliquerons.

— Vraiment? interrogea la journaliste avec une moue dubitative.

— Absolument. Gouverner, c'est choisir, et les Français ont choisi. Donc, je vous le confirme ici de la manière la plus ferme, oui, nous embaucherons dix mille enseignants supplémentaires pour les banlieues; oui, nous engagerons la dénucléarisation du pays et mettrons sur pied un fonds d'investissement en faveur de la transition énergétique doté de cent milliards d'euros; oui, nous mettrons fin à la sous-traitance abusive des emplois; oui, nous soumettrons au Parlement, dès cet été, un projet de loi en faveur de la gestation pour autrui et de la fin de vie en toute dignité.

— Et comment allez-vous financer cela? Ça va coûter *un pognon de dingue*, coupa la journaliste non sans malice.

— Là encore, tout est dans notre programme "Construire l'avenir": baisse du budget militaire, suppression de l'armement atomique, coup de rabot massif sur les aides fiscales dont profitent indûment les plus riches, retour de l'impôt de solidarité sur la fortune...

— Il vous faudra pour cela une majorité à l'Assemblée nationale, ce qui n'est pas acquis à ce stade.

— Mais rien n'est acquis en politique. Je compte bien rallumer les deux moteurs de la démocratie que sont la confiance et l'espérance. Mon ennemi n'a pas de visage, pas d'adresse. Ce n'est pas la finance, c'est la désespérance. Je demande aux Français de nous soutenir pour construire un nouveau modèle français.

— Pensez-vous être obéi de la haute administration et des forces de sécurité ? Votre programme avait été très critiqué pendant la campagne. Vous venez à l'instant de rappeler votre volonté de renoncer à l'armement nucléaire...

— Absolument. Et par ailleurs nous partagerons notre siège au conseil de sécurité de l'ONU et notre veto avec l'Allemagne. Je sais que ces mesures suscitent des débats, mais je ne doute pas de la loyauté de l'immense majorité des agents de l'État.

— Et pour ceux qui n'adhèrent pas à votre agenda politique ?

— Il n'y a pas de clause de conscience. Les fonctionnaires sont au service de la démocratie, et non l'inverse. À cet égard, je vous confirme qu'un prochain Conseil des ministres procédera à une série de nominations de hauts fonctionnaires.

— Mais n'est-ce pas le début d'une chasse aux sorcières ?

— Pas du tout. Il est tout à fait normal que le gouvernement choisisse de hauts responsables de l'administration dans lesquels il peut avoir une parfaite confiance. En l'occurrence, et je devance votre prochaine question, le préfet de police actuel, qui s'est illustré par une conception très critiquable de l'usage de la force et du maintien de l'ordre, sera remplacé par un grand serviteur de l'État spécialiste des questions de sécurité.

— Et dans l'armée ? On sait que l'arrivée à l'Élysée de la nouvelle présidente a fait grincer quelques dents dans les rangs de la Grande Muette. Un collectif d'officiers généraux à la retraite évoque même un risque de guerre civile.

— Je vais être très clair : la présidente de la République en tant que cheffe des armées et le Premier ministre que je suis ont une totale confiance dans la hiérarchie militaire. Nos soldats, qu'ils soient en poste sur le territoire national ou déployés à l'étranger, effectuent un travail très difficile qui mérite le respect et l'admiration de tous. Cela n'empêche pas d'engager une réforme de la Défense nationale pour mieux protéger les Français. »

Etchégarray

Paris, ministère des Armées, rue Balard
6 mai, 8 heures

Le général Jean-Pascal Etchégarray observait l'agitation politique des derniers jours avec le calme des vieilles troupes. Son corps massif et musclé tranchait avec la finesse de son visage. Ses yeux bleu clair pétillaient de malice et d'intelligence. L'histoire de sa famille se confondait avec celle du Pays basque. Son grand-oncle avait été archevêque, cardinal, proche conseiller du pape, et même un temps l'équivalent de ministre des Affaires étrangères du Vatican. Son père avait été maire de Bayonne. Prolongeant cette tradition familiale dédiée à l'intérêt général et au service des autres, le jeune Jean-Pascal Etchégarray s'était engagé dans les armes. Après Saint-Cyr, où il avait assez peu goûté l'enfermement intellectuel, il avait choisi le corps de l'infanterie d'élite. Le hasard l'avait conduit à diriger le très prestigieux 1er régiment d'infanterie de marine (RIMA). Il avait connu la Guyane, l'Irak, Djibouti, l'Afghanistan, la direction des opérations spéciales, la Direction générale de la sécurité extérieure (DGSE)… Il était monté en grade au fil de ses affectations, jusqu'à accéder au poste stratégique de chef d'état-major des armées.

Le général Etchégarray convoqua son aide de camp dans son grand bureau du Balardgone, cet ensemble de bâtiments situé au sud-ouest de Paris, à proximité du boulevard périphérique.

« Dupuis !

— Oui, mon général.

— Je souhaite que vous rédigiez sur-le-champ la note que je vais vous dicter, et que vous l'adressiez à l'ensemble des officiers.

— Je vous écoute, mon général. »

Le général Etchégarray lui dicta d'un ton martial, en un seul jet, un texte destiné à ses cadres.

« Depuis plusieurs semaines, l'obligation de réserve et de neutralité qui s'impose à tout militaire a été largement transgressée. La défense et l'expression de convictions personnelles ont contribué à entraîner l'armée dans des débats politiques au sein desquels elle n'a pas vocation à intervenir. Chaque militaire est libre de penser ce qu'il veut, mais il lui appartient de distinguer sans ambiguïté ce qui relève de sa responsabilité de citoyen de ce qui ressort de sa responsabilité de militaire. Je rappelle solennellement que c'est la neutralité politique qui fonde la relation de confiance entre l'armée et l'autorité politique en démocratie. Elle est la condition d'un engagement total, sans arrière-pensée. C'est le sens même du devoir de réserve défini par le Code de la Défense qui s'applique à tous. Quitter l'institution militaire reste la meilleure décision à prendre pour tous ceux qui envisagent de rendre publiques leurs convictions et de participer au débat politique. Je sais pouvoir compter sur votre confiance et votre engagement au service de notre armée, fière d'appartenir à l'une des plus vieilles démocraties du monde. »

Puis, se tournant vers son aide de camp, il reprit :

« Dupuis, dites au porte-parole de faire fuiter cela dans la presse. Je veux que tout le monde connaisse ma position personnelle et les mesures que nous avons prises. Hors de question qu'on nous suspecte de tolérer des factieux ! Je n'ai aucune envie de finir ma carrière en général Tapioca…

— Pardon, qui ?

— Non, rien. Une référence littéraire que vous irez chercher après avoir envoyé le message.

— Oui, mon général. Merci, mon général. »

Virginie Trinh Duc

Levallois-Perret, siège de la DGSI
7 mai

Virginie Trinh Duc avait été la toute première femme à diriger les services du contre-espionnage français. Entre son CV éloquent et ses états de service impeccables, les autorités politiques n'avaient d'ailleurs pas eu d'autre choix que celui de sa nomination. Issue d'une famille très modeste, elle était l'aînée d'une fratrie nombreuse qui s'était épanouie dans le moule du système méritocratique français. Ses parents avaient fui le Viêt-nam dans les années 1970 et avaient trouvé refuge à Paris, dans les tours du XIIIe arrondissement désertées par les classes moyennes parisiennes parties à la recherche d'un pavillon en banlieue. Diplômée de Sciences Po, elle avait réussi le concours de Saint-Cyr puis avait dirigé plusieurs régiments avant d'être affectée au renseignement militaire. Elle s'était mariée jeune, à vingt-trois ans, avec un camarade de régiment dont elle avait eu un enfant. Au cours d'un entraînement commando en Guyane au cœur de la forêt amazonienne, elle était restée bloquée sous un tronc d'arbre pendant plusieurs heures. Elle avait eu les jambes brisées et était restée plusieurs mois hospitalisée à l'hôpital de Cayenne, puis à l'hôpital Percy, à Clamart. Faute de recouvrer l'usage de ses membres inférieurs, elle avait trouvé une échappatoire dans les études. Elle avait obtenu à quarante ans passés un doctorat en relations internationales à la Sorbonne. Ce sésame lui avait ouvert les portes de la prestigieuse Direction générale de la sécurité extérieure (DGSE), où elle avait été chargée de la stratégie, et plus particulièrement de toutes les affaires sensibles en Asie. Elle s'était distinguée à la DGSE, pilotant avec brio depuis Paris le recueil de renseignements et l'analyse des stratégies des grandes puissances. L'Afghanistan, la Chine, la Corée du Nord, n'avaient pas de secrets pour elle.

Elle qui était une grande sportive s'était retrouvée clouée au sol, immobilisée, condamnée à se mouvoir en fauteuil roulant. Elle ne pourrait plus ni courir ni marcher, alors elle s'était mise au tir à l'arc, sur les conseils du médecin-chef des armées. Elle y avait pris goût. Sa longue convalescence lui avait fourni tout le temps nécessaire pour explorer cette discipline. Elle s'était inscrite en club, puis en compétition, jusqu'à participer aux championnats de France puis aux Jeux paralympiques. Elle avait fait sensation en revenant des Jeux de Pékin avec une médaille de bronze. Les médias s'étaient intéressés à elle, et l'armée n'avait pas hésité à l'envoyer à la télévision, voyant tout l'intérêt qu'elle pouvait tirer d'une figure médiatique subtile et souriante. Virginie Trinh Duc avait même participé à une campagne d'affichage intitulée « Votre volonté ! Notre fierté ! » destinée à recruter de jeunes soldats. Le tir à l'arc lui avait permis d'atteindre un équilibre, de renouer avec le goût de l'exploit sportif tout en travaillant sa concentration et sa force physique. Tirer à partir d'un fauteuil roulant sur une cible de cent vingt-deux centimètres de diamètre située à soixante-dix mètres exige une habileté et un contrôle de soi dignes des tireurs d'élite du GIGN[1].

Ses fonctions professionnelles éreintantes ne lui permettaient plus, hélas, de pratiquer son sport favori que trois à quatre fois dans l'année, mais sa médaille paralympique trônait en bonne place dans son bureau (pour éviter qu'elle ne soit victime d'un cambriolage, s'amusait-elle à expliquer à ses visiteurs). La presse avait continué à suivre son parcours et même le quotidien *Libération*, peu suspect de complaisance envers l'institution militaire, avait dressé d'elle un portrait laudateur. Elle figurait assurément dans le cercle restreint des femmes puissantes. Puissante mais discrète, et, surtout, fiable. Elle avait donc été nommée adjointe puis cheffe de la Direction générale de la sécurité intérieure avec le grade d'administratrice générale. Un parcours professionnel exemplaire qui lui valait le respect de ses troupes.

En ce mois de mai, Virginie Trinh Duc commençait sérieusement à s'inquiéter. À la tête de la DGSI depuis presque cinq ans, elle avait eu son lot d'affaires sensibles, d'opérations mal ficelées, d'intermédiaires douteux et d'alliés encombrants, mais là, elle sentait que quelque chose s'était délité. Une fissure. Une déchirure. D'abord cette élection tenue dans un climat de quasi-guerre civile, puis ces polémiques médiatiques à répétition, et maintenant cette tribune inédite de militaires appelant à une quasi-insurrection. *L'ambiance ne doit pas être très festive au ministère des Armées*, songea-t-elle. Elle tourna son fauteuil roulant vers la grande baie vitrée de son bureau de Levallois-Perret qui embrassait une vue grandiose sur les immeubles du quartier de la Défense. Elle enleva ses lunettes, plissa ses

1. Groupe d'intervention de la gendarmerie nationale.

yeux en amande et tira ses cheveux noirs en arrière pour refaire son chignon. Elle portait son éternel tailleur vert foncé, une habitude vestimentaire prise il y a longtemps qui lui permettait de ne pas réfléchir à la question de savoir comment elle devait s'habiller. De précieuses minutes de son temps étaient ainsi économisées chaque matin. Elle retourna vers son bureau pour finir son thé vert matcha hors de prix ramené d'un séjour au Japon et qu'elle consommait à longueur de journée, y compris pendant les débriefings confidentiels. Elle pianota rapidement le code du petit coffre-fort qui jouxtait son bureau et qu'elle réservait aux affaires les plus délicates. Elle en sortit un épais dossier noir dont la couverture de cuir faisait apparaître des bords usés par le temps. *Il est grand temps d'agir.*

Ces chaînes qu'on abat

PARIS, SÉNAT, JARDIN DU LUXEMBOURG
10 MAI

Le Premier ministre Flavio Lumaya eut droit à un accueil glacial de la part de la présidente du Sénat. Cette cérémonie était pour elle, chaque année, une corvée qu'elle essayait de déléguer à l'un de ses collègues susceptible d'être flatté par une photo avec le président de la République ou le Premier ministre. Le 10 mai, journée nationale des mémoires de la traite et de l'esclavage et de leurs abolitions, était célébré dans les jardins du Sénat autour d'une étrange statue censée représenter des chaînes brisées.

« Monsieur le Premier ministre.

— Bonjour, madame la présidente.

— Madame *le* président, corrigea aussitôt son interlocutrice. J'y tiens.

— Bien…

— Procédons. Pour des raisons de sécurité, le parc du Luxembourg est fermé. Cette cérémonie prive les familles parisiennes des joies d'une promenade. Ne la prolongeons pas.

— Il s'agit quand même d'un hommage officiel…

— Certes. Rien ne nous impose cependant d'y prendre du plaisir. Et à titre personnel, j'ai beaucoup hésité à venir poser ici avec vous. Mais mon conseiller politique me dit que la diaspora outre-mer en Île-de-France aurait pu mal prendre mon absence… »

Interloqué, Flavio Lumaya s'abstint de répondre à cette offense. Il déposa avec dignité les gerbes de fleurs que lui tendirent deux gardes républicains. Puis il chanta la *Marseillaise* aux côtés de jeunes issus du lycée Schœlcher de Fort-de-France et du président de la région Martinique. Il enchaîna sur son discours, dont la conclusion comportait un paragraphe rédigé par un ami historien de la colonisation et qui fit l'effet d'une bombe à fragmentation.

« Et pour enfin transmettre la mémoire et faire connaître les heures sombres de notre passé, j'ai décidé de transformer le musée de la Légion d'honneur, dont la fréquentation est quasi inexistante, en musée de l'Histoire de la décolonisation. Les archives concernant notamment la guerre d'Algérie y seront conservées et rendues accessibles, sans aucune restriction, à l'ensemble des chercheurs. Gouverner, c'est choisir, mais gouverner, c'est aussi assumer notre histoire avec sa part d'ombres et de ténèbres. »

À peine ces mots furent-ils prononcés que la présidente du Sénat sortit du rang et quitta la cérémonie sans saluer quiconque. Son équipe de communication posta sur les réseaux sociaux un message faisant part de sa colère et de son indignation devant une telle provocation. Le message fut partagé des milliers de fois, suscitant une polémique nationale.

Couper les têtes de l'hydre

PARIS, PALAIS DE L'ÉLYSÉE
15 MAI

Virginie Trinh Duc arriva à l'Élysée dans sa berline noire blindée spécialement aménagée. On lui en ouvrit la porte. Elle sortit directement du véhicule dans son fauteuil roulant motorisé dont les pneus crissèrent sur les graviers de la cour. D'un petit geste sec de la main, elle rembarra la cohorte d'huissiers qui s'empressaient de venir à sa rencontre dans leur costume sombre. Peu habitués à recevoir des personnes en situation de handicap, ils restèrent pantois devant cette femme en tailleur vert qui fonçait vers l'entrée du bâtiment. Depuis son accident, Virginie Trinh Duc détestait la sollicitude et les bons sentiments que son handicap suscitait. Elle refusait résolument de se laisser enfermer dans un rôle d'être humain de seconde zone devant être assisté en permanence. Elle s'était fait installer plusieurs appareils connectés qui lui permettaient de gérer instantanément les équipements de son appartement de fonction tout en bombardant ses collaborateurs les plus proches d'instructions, de notes et de circulaires. Il y avait quelque chose d'un Churchill chez celle que tous appelaient

« Patronne » : une grande confiance dans son intuition personnelle et dans sa capacité à faire se mouvoir les masses humaines les plus inertes. Devant le nouveau directeur de cabinet de la Présidente, un bellâtre cinquantenaire au ventre arrondi par les déjeuners dans les restaurants gastronomiques, elle débuta le briefing qu'elle avait soigneusement préparé sous le regard attentif du coordonnateur national du renseignement :

« L'islamisme radical et le djihadisme constituent évidemment la première source de danger. Nos services connaissent désormais bien le sujet, et les agents font preuve d'une grande vigilance. Des attentats sont toujours à craindre dans le contexte actuel.

« Pour autant, il nous faut appréhender de nouvelles sources d'instabilité et de dangerosité. Nous estimons à environ deux mille cinq cents le nombre de personnes fréquentant activement les milieux de l'ultradroite. Parmi celles-ci, quelque mille cinq cents font l'objet d'une fiche S pour "Sûreté de l'État". J'attire votre attention sur la proportion grandissante de militaires ou de membres des forces de sécurité ayant intégré des groupuscules d'ultradroite depuis l'automne 2017. Nous avons plus particulièrement identifié, en raison de leurs liens avec l'extrême droite violente, une cinquantaine d'individus prioritaires appartenant à la police, à la gendarmerie, à l'armée de terre ou encore aux services des douanes. C'est près du double des personnes suivies pour adhésion à l'islam radical ! Il ne s'agit donc pas d'un fantasme ou d'une lubie de gauchiste, ce que je ne suis à l'évidence pas, mais bien d'un danger réel dont il faut mesurer l'importance. En 2017, pour ne citer qu'un exemple, nous avons démantelé une petite cellule au sein de l'école de formation des sous-officiers de l'armée de l'air qui projetait des actions violentes contre des migrants et des assassinats politiques dans le sud de la France. Les centaines d'Afghans accueillis sur le territoire national depuis le retrait américain d'août 2021 pourraient constituer des cibles de premier choix.

— On a des procédures judiciaires en cours ?

— Oui, le parquet national antiterroriste a traité une dizaine de dossiers depuis 2017. Plus de cinquante personnes ont été mises en examen pour des projets allant d'attentats contre des mosquées ou des loges maçonniques jusqu'à l'assassinat du précédent président de la République.

— Continuez, je vous prie, intima le directeur de cabinet d'un ton goguenard.

— Ce phénomène n'est pas spécifique à notre pays. Un rapport confidentiel d'Europol s'alarme de la propension de l'ultradroite européenne à s'armer et à recruter parmi les anciens militaires. À titre d'exemple, en novembre 2018, un caporal de l'armée britannique a été condamné à huit ans de prison pour avoir tenté de recruter au sein d'un réseau néonazi d'anciens militaires revenant d'Irak et d'Afghanistan. La proximité de certains groupes avec des membres des forces de sécurité augmente leur force de frappe et leur désinhibition à la violence. Il y a donc urgence à les contrer.

— Que recommandez-vous ?

— La tolérance zéro. Il faut frapper dur et faire des exemples. Dissoudre les unités concernées, disperser les suspects, muter les cadres. Couper les têtes de l'hydre et cautériser au plus vite. C'est ce qu'ont fait les Allemands. À la suite d'une enquête particulièrement inquiétante, en 2019, qui a révélé la disparition de soixante-deux kilogrammes d'explosifs et de quarante-huit mille munitions, ainsi que la diffusion d'idées extrémistes au sein des troupes, la ministre allemande de la Défense a décidé de dissoudre son commando des forces spéciales, qui s'avérait largement infiltré par l'extrême droite. Je remarque que la ministre de la Défense en question est depuis devenue présidente de la Commission européenne, preuve que le courage et la détermination ne brisent pas les carrières…

— Vous y allez un peu fort, quand même. Il y a la présomption d'innocence, la justice militaire, les médias… Dans le contexte actuel, c'est compliqué…

— Je vous assure que je n'exagère en rien. Ces extrémistes ont la tentation de renverser des institutions qu'ils considèrent comme défaillantes. Pour eux, la France est un *failed state*, un État en déliquescence qu'il faut redresser – si besoin par la force. Les membres de ces groupes, qui ont servi dans la police, la gendarmerie ou l'armée, qu'ils ne soient plus en activité ou qu'ils soient réservistes, s'estiment encore en droit de s'approprier le monopole de la violence légitime.

— Voilà que vous nous faites de la sociologie… rétorqua le directeur de cabinet.

— Le renseignement est un art… qui consiste à prévenir les coups de son adversaire. Ces nouvelles et violentes formes de subversion nécessitent selon moi un redéploiement des moyens de l'État en faveur des différents services de renseignement. La DGSI, bien évidemment, mais surtout le renseignement militaire, qui me paraît sous-estimer gravement le danger.

— Un rapport qui m'est arrivé ce matin évalue à zéro virgule zéro cinq pour cent la proportion de soldats suspects de radicalisation, qu'elle soit islamique ou politique. Le renseignement militaire constate une stagnation des suspicions de radicalisation au sens large sur les douze derniers mois. On a affaire à une poignée de zozos sur deux cent trente mille militaires et cent trente mille gendarmes. Tout cela me semble assez marginal.

— C'est ignorer le contexte politique actuel. Il suffit d'une poignée d'hommes décidés pour réussir une révolution, comme disait Trotski.

— Trotski ? Hum... Bon... On va réfléchir... Je vais peut-être demander une expertise complémentaire, concéda du bout des lèvres le directeur de cabinet en se levant pour signifier que l'échange était terminé.

— Je vois. Un rapport, une commission... Je vous laisse cette note rédigée par ma section chargée du suivi de l'extrême droite. »

Virginie Trinh Duc fit pivoter son fauteuil et sortit de la pièce sans prendre courtoisement congé de son interlocuteur. D'expérience, elle savait que le respect que les autorités politiques portaient aux hauts fonctionnaires était proportionnel à leur franchise et à leur force de caractère. Mais surtout, elle ne doutait pas un instant de la pertinence de son analyse et de la nécessité d'agir vite face à ces nouvelles menaces.

Pierre-André de Saint-Sernin

Versailles
16 mai

Pierre-André de Saint-Sernin avait rencontré son épouse dans un rallye organisé entre gens de bonne famille par le diocèse de la paroisse Saint-François-Xavier du très conservateur VIIe arrondissement de Paris. Elle avait depuis pris le contrôle de son existence dans ses moindres détails. Jamais vie de famille n'avait été aussi planifiée : école, sport, musique, catéchisme des quatre enfants, repas familiaux, messe, devoir conjugal… Tout cela rentrait dans un agenda minuté dont la morale et la foi dictaient les priorités.

Dans cette vie régentée, il détestait tout particulièrement les dimanches en famille et leur routine de petites choses insignifiantes. Le marché, les poulets qui rôtissent sous les regards envieux des petites vieilles, les fêtes d'anniversaire des enfants, le café chez les voisins… Il avait heureusement convaincu sa femme de la nécessité de travailler au calme pendant l'heure de la messe dominicale, ce qui lui permettait d'échapper aux sermons du curé et d'enchaîner sur une consultation rapide de vidéos pornographiques sur un site bien connu des amateurs. Les matinées en espadrilles et pull marin bleu marine lui étaient devenues insupportables. Heureusement, les dimanches dans son pavillon versaillais étaient entrecoupés d'appels du standard de Matignon.

Sa nomination à Matignon, à trente et un ans, avait été une bénédiction, l'occasion inespérée de s'évader de l'enfermement de sa propre vie. Conseiller technique pour les affaires industrielles, il appartenait à la jeune garde d'un Premier ministre dont il ne partageait pourtant ni les idées politiques (trop à gauche), ni les mœurs (dépravées). Sollicité par une camarade de promotion de Polytechnique, il avait cependant sauté sur l'occasion. De fait, l'enchaînement de réunions interministérielles et de déplacements officiels lui permettait de passer le minimum de temps requis au sein du foyer familial. « La France, Marie-Odile ! Je sers la France ! Son industrie, son rayonnement, sa grandeur ! » rappelait-il régulièrement à son épouse. En réalité, par cette mauvaise imitation du général de Gaulle, il cherchait avant tout à masquer des absences de plus en plus longues et de moins en moins justifiées.

L'écart entre sa vie trépidante de conseiller et la monotonie de son environnement familial s'agrandissait. L'adrénaline des réunions de crise, des décisions urgentes, des préparations d'arbitrage, des éléments de langage à rédiger, infusait dans tout son corps. Son travail l'accaparait complètement. Sans vraiment se l'avouer, il avait changé de monde. Il était l'objet, dans le cadre de ses fonctions, de sollicitations de toute nature : industriels, élus, ministres… La liste de ses contacts ne cessait de s'allonger.

Il reçut, en ce dimanche normalement chômé, mais qu'il consacrait à la relecture de décrets en cours de préparation, une invitation sur LinkedIn. Une certaine Anna Koszielny souhaitait entrer en relation avec lui :

Monsieur le conseiller, félicitations pour votre nomination. Travaillant pour un sénateur très actif sur vos thématiques, je serais heureuse de me présenter à vous et d'échanger sur les problématiques qui nous occupent. Respectueusement.

Pierre-André cliqua sur le profil de la jeune femme. Son *curriculum vitae* était impressionnant. À vingt-huit ans, elle était diplômée d'une licence de droit international et d'un master spécialisé dans les questions de défense et de sécurité. Sa photo laissait deviner qu'elle était par ailleurs ravissante. Il accepta la mise en relation et lui proposa un rendez-vous dans la foulée.

Docteure Sarah Effenberg

PARIS, SCIENCES PO, RUE SAINT-GUILLAUME
1er JUIN, 10 HEURES

L'idée de ce cours n'était pas la sienne. Elle avait germé dans la tête du nouveau directeur de Sciences Po, au gré d'une lecture hivernale. Elle lui avait semblé d'abord incongrue. Faire un cours sur les coups d'État n'était pas directement lié à son domaine de prédilection, à savoir la radicalisation et le contre-terrorisme. Mais on ne dit pas non à une institution aussi prestigieuse, *a fortiori* à son directeur. Sarah Effenberg s'était finalement prise au jeu de ce cours d'été, cette *summer session* qui permettait d'utiliser les amphithéâtres désertés par les étudiants pour proposer des formations professionnelles à prix d'or ou pour attirer des étudiants étrangers fortunés trop heureux de passer un été en plein Saint-Germain-des-Prés pour quelques milliers d'euros.

La docteure Sarah Effenberg était enseignante-chercheuse en relations internationales. Elle tenait au titre de docteure, Ph. D. en anglais. Une distinction qui marquait une forme de reconnaissance académique tout autant que sociale. Rédactrice en chef d'une revue prestigieuse consacrée à la politique étrangère, elle se rendait de temps à autre sur les chaînes d'info, dont les ressources internes en matière d'analyse internationale étaient de plus en plus maigres.

Issue d'une famille alsacienne juive ultra-orthodoxe, elle était d'une rigueur morale et intellectuelle sans faille. Contrairement à la plupart de ses collègues masculins, elle ne concédait jamais un sourire aux jeunes étudiantes américaines qui portaient des hauts à décolleté plongeant et qui s'agglutinaient autour de son bureau dès le cours terminé. Elle considérait par ailleurs avec beaucoup de froideur et de distance les dernières vogues vestimentaires ethniques et les théories sociologiques fumeuses fondées sur une novlangue qu'elle méprisait : néocolonialisme, néopatriarcat, homonationalisme blanc… Très peu pour elle. Sarah Effenberg étudiait l'histoire des relations internationales et les rapports de puissance. Aux représentations du monde de ses étudiants complexés d'appartenir à l'élite mondiale, à leurs petites vexations individuelles, elle opposait les notions de sécurité globale, de raison d'État, de paix et de guerre entre les nations. Elle avait consacré sa thèse aux relations entre politiques et militaires, qu'elle avait poursuivie par un postdoctorat sur les guérillas urbaines au XXe siècle à la prestigieuse université Harvard, aux États-Unis. Au tournant des années 2000, alors que ses amis chercheurs spéculaient sur la fin de l'histoire et le triomphe de la démocratie libérale, elle avait choisi, à contrecourant des modes universitaires, de se plonger dans les guerres sales et sans fin sur le globe. Sans qu'elle l'ait anticipé, son domaine d'étude était devenu le principal sujet de préoccupation des gouvernements, des citoyens et des médias.

Pour la préparation de ce cours, elle avait relu des ouvrages qui trônaient depuis longtemps dans sa bibliothèque, en particulier ceux du grand Raymond Aron, qui demeurait son maître à penser. Tout comme lui, elle ne détestait rien tant que les coups d'État militaires, même ceux que les circonstances et la propagande parviennent à dissimuler sous des apparences légales.

Sarah Effenberg pensa un instant à ses enfants, ses grands ados, Nathan et Raphaël, restés dans leur petite maison de Bourgogne avec leur père, un brillant journaliste littéraire dont le seul défaut était d'être pacifiste. Puis, d'un coup de règle en fer, elle fit respecter le silence dans cet amphithéâtre peu habitué aux marques d'autoritarisme. Elle commença par faire l'appel. Elle releva mentalement la présence sur cette liste d'une élève plus âgée que la moyenne, Nina Meriem, d'une trentaine d'années.

Pour la forme, elle rappela ensuite son plaisir de pouvoir enseigner un cours aussi original à un public aussi varié. Elle déroula le plan de son cours et présenta une courte bibliographie sélective d'auteurs ayant écrit sur le sujet, en français et en anglais, liste qu'elle promit de diffuser également sur son compte Twitter. Classiquement, elle entama son cours par une réflexion sur la définition de ce concept.

« Qu'est-ce qu'un coup d'État, me direz-vous ? Le terme, qui a été forgé au début du XVIIe siècle en France avant d'être repris à partir du XIXe siècle un peu partout dans le monde, peut prêter à confusion tant il est utilisé à tort et à travers par les médias.

« Pour ma part, je dirais tout d'abord que le coup d'État est une prise de pouvoir par une autorité illégitime, par des moyens non légaux, en particulier par la force. Le coup d'État est en général suivi par une période de restriction des libertés publiques et de répression.

« On peut aussi parler de conjuration ou de conspiration, dont la connotation est plus mystérieuse et romanesque. Le mot “complot” insiste sur la dimension secrète de l'action engagée. Il doit cependant bien être distingué de la notion de complotisme, qui est un système de pensée tendant à expliquer tous les événements historiques importants par les actions coordonnées d'une petite élite. Le complotisme est une pathologie lourde de nos démocraties médiatiques. Mais je m'égare, revenons aux coups d'État… Les termes, voisins, de *putsch*, d'origine suisse-allemande, ou de *pronunciamiento*, en espagnol, désignent un coup d'État opéré par la force par des unités militaires sortant du rôle qui leur est dévolu. En somme, le coup d'État opère un renversement du pouvoir organisé. Il bouleverse le paysage institutionnel d'un régime politique. Il est aussi, souvent, un moment d'explosion de tensions jusqu'alors contenues. Nous allons tâcher, au cours de la dizaine de séances que nous passerons ensemble, d'en dresser une typologie historique. »

Conseil de défense

Paris, palais de l'Élysée
2 juin, 12 h 30

En amont du Conseil de défense dont les débats prenaient toujours un côté très formel, la présidente de la République avait souhaité organiser un déjeuner de travail pour aborder une question purement politique, celle de la confiance entre la Présidente, cheffe des armées d'après la Constitution, et les autorités militaires du pays. Autour de la table dressée avec soin dans les jardins se trouvaient réunis le ministre de la Défense, la ministre de l'Intérieur, et le général Etchégarray, chef d'état-major des armées. L'entrée ayant été servie – de grosses gambas à l'anis – et les serveurs étant repartis vers les cuisines, la discussion s'anima très vite.

« L'armée doit donner des preuves de sa loyauté, affirma haut et fort la présidente de la République. Je ne supporterai pas plus longtemps ce climat de défiance.

— Les armées françaises sont placées sous votre autorité, évidemment, fayota le ministre de la Défense. Mais elles attendent également des marques de soutien et d'intérêt…

— Madame la présidente, monsieur le ministre, je sollicite votre permission pour parler librement et… crûment, demanda le général Etchégarray, qui sentait que la discussion allait s'embourber dans des formules convenues.

— Permission accordée, général, confirma sobrement la Présidente.

— Comme dirait mon grand-oncle, “nous sommes en train de nous tirer une balle dans le slip”.

— Pardon ?

— Oui, désolé pour cette vulgarité, mais c'est ce qui résume le mieux la situation actuelle. Avec tout le respect que je vous dois, votre élection n'est toujours pas acceptée par une large partie du pays, ni par les armées. Or, au lieu de chercher à rassembler, votre gouvernement multiplie les gestes vexatoires : annonces de retraits de nos troupes à l'étranger, suppression de l'arme atomique, partage du droit de veto au conseil de sécurité avec l'Allemagne, remise en cause du musée de la Légion d'honneur, baisse du budget militaire… Tout cela passe très mal et entretient la défiance dans les rangs. Madame la présidente, j'ai bien conscience de vous heurter en disant cela, mais l'autorité ne se décrète pas, elle ne se présume pas, elle se construit patiemment.

— Général, je prends note de vos remarques. Mais sachez que j'appliquerai le programme pour lequel j'ai été élue. C'est une question de principes. Je ne compte pas passer mon mandat à ne rien faire !

— Je me rangerai à vos instructions, répondit Etchégarray sans agressivité.

— Je n'imagine pas qu'il en soit autrement, répliqua sèchement la Présidente. Je suis la cheffe des armées après tout. Avez-vous des recommandations à formuler, alors ?

— Allez visiter des unités, passez longuement les troupes en revue lors du 14 Juillet. Prenez le temps de la réflexion concernant le désarmement de notre armement atomique…

— Hors de question sur ce dernier point. Je demande au ministre de la Défense de ne pas fléchir et de s'y consacrer entièrement.

— Laissez-nous au moins en étudier toutes les conséquences et vous proposer des calendriers de mise en œuvre. On ne baisse pas de cinq pour cent le budget d'un ministère aussi lourd sans conséquences sociales et économiques. Et on ne remise pas au garage des Rafale et des sous-marins dotés d'armes atomiques sans prendre de précautions…

— Bien. J'attends vos propositions d'ici trois semaines », conclut la Présidente avant que chacun ne plonge son nez dans son assiette dans un silence glacial.

Affaires stratégiques

Paris
13 juin

Pierre-André de Saint-Sernin s'ennuyait ferme au Sénat, dans un colloque consacré aux industries de défense en Europe où il représentait le Premier ministre. Un de ces pince-fesses où militaires en retraite, barbouzes affairistes, parlementaires et experts autoproclamés devisent doctement sur les affaires du monde. La moyenne d'âge y était à peine moins élevée qu'à l'Académie française. Son attention fut éveillée par l'intervention d'une jeune femme dont il retint le prénom : Anna. Sa question sur la contribution des diasporas à l'effort de sécurité nationale sonnait juste. Tous avaient opiné de la tête à l'écoute de son allocution ponctuée d'anglicismes et de références à des théoriciens des relations internationales.

À l'issue de la conférence, la jeune femme profita du cocktail pour venir se présenter à lui. C'était bien elle qui avait pris l'initiative d'un rendez-vous par le biais de LinkedIn. Pierre-André fut d'emblée frappé par sa beauté. Ses cheveux très noirs, tirés en arrière, mettaient en valeur des yeux en forme d'amande, bleu-vert. Anna Koszielny, que tout le monde semblait connaître et appeler « Anna K. », travaillait comme attachée parlementaire d'un sénateur représentant les Français de l'étranger, membre de la commission des affaires étrangères, de la défense et des forces armées. Ils prolongèrent cette prise de contact autour d'un verre et de pâtes aux truffes dans un restaurant du quartier.

Pierre-André lui proposa dans la foulée d'aller visiter Matignon, ce qu'elle accepta avec enthousiasme. Pierre-André se mua alors en guide pour lui faire découvrir les bâtiments et le jardin en dépit du regard réprobateur de son assistante sur le pantalon de cuir noir ultramoulant de son invitée. Matignon, sa cour d'honneur surplombée par une fresque murale reproduisant la Déclaration des droits de l'Homme, le salon Jaune, le salon Rouge, la bibliothèque… Anna K. semblait s'émerveiller de tout et vouloir tout savoir sur les ors de la République. Devant le pavillon de musique caché au fond de l'immense jardin, Anna K. manqua de tomber, ses talons hauts la faisant chanceler sur les graviers. Pierre-André la retint par le bras juste avant qu'elle ne chute.

Il prit tout son temps pour relâcher son étreinte.

Soirée électorale

Paris, hôtel Matignon
19 juin, 19 heures

Il régnait à Matignon une grande agitation que ne parvenaient pas à amortir les tentures des Gobelins et les lustres dorés. Les services du ministère de l'Intérieur avaient installé leurs terminaux informatiques dans les pièces situées à l'étage de l'hôtel, dans les bureaux habituellement réservés au secrétariat particulier du Premier ministre. La grande époque des soirées électorales était révolue depuis longtemps déjà. Fini le temps où les résultats électoraux convergeaient Place Beauvau sans concurrence. Les instituts de sondage et les médias disposent maintenant de leurs propres instruments de mesure et parviennent, aussi bien que les institutions officielles de la République, à se faire rapidement une idée précise sur le vote des Français. La campagne des législatives avait été chaotique, les meetings des candidats de la majorité ayant été interrompus à plusieurs reprises par des opposants violents. La décision avait été prise d'envoyer les ministres « au charbon », mener malgré tout campagne sur le territoire national. Par conséquent, un dispositif de sécurité renforcé avait dû être déployé dans plusieurs départements, augmentant encore le niveau de tension.

Comme de tradition, la garde rapprochée du Premier ministre suivait les premiers résultats tout en picorant dans les larges buffets dressés pour l'occasion. Si le champagne n'était pas de mise par pure superstition, le maître d'hôtel, véritable patron des lieux, avait tenu à sortir quelques bonnes bouteilles afin de maintenir sa réputation, persuadé que la force de la République française résidait largement dans la gloire de ses cuisines et de ses caves. Il avait ainsi rassemblé sur une grande table nappée de blanc le meilleur des fromages français et de la charcuterie hexagonale. Quelques tartelettes aux fraises de Plougastel répondaient aux instructions du chef de cabinet qui avait exigé une collation « simple et légère », standing que les chefs de cuisine détestaient toujours. Les conseillers échangeaient leurs analyses avec des sondeurs, des élus locaux, de proches amis du Premier ministre. Un ministre élu du Gers, amateur de jazz et de bons mots, se demandait si à force de dénoncer la gauche caviar, les médias n'avaient pas obtenu l'éradication de la gauche canard…

Pierre-André de Saint-Sernin n'était pas un stratège électoral. À vrai dire, les soirées électorales ne l'avaient jamais passionné, mais il sentait que la solidarité de cabinet imposait sa présence. En tant que conseiller chargé de l'industrie, ses compétences techniques ne seraient pas sollicitées ce soir, mais la directrice de cabinet, véritable tour de contrôle de Matignon, remarquerait sa présence, ce qui lui permettrait de marquer des points et de faire avancer quelques dossiers. Quant au chef de cabinet, perpétuellement débordé par les urgences mais qui régnait sur l'agenda, il parviendrait peut-être à lui arracher un rendez-vous avec le Premier ministre avant la fin de l'été.

Rien, effectivement, n'invitait à la fête. Les premiers bulletins dépouillés dans les bureaux de vote étaient catastrophiques. Le Renouveau national et la droite remportaient des succès attendus dans les zones rurales du centre et de l'est de la France, mais avec des scores particulièrement élevés. À dix-neuf heures trente, les premiers sondages sortis des urnes donnaient à la majorité présidentielle un score légèrement inférieur à ses oppositions.

Flavio Lumaya, d'habitude de bonne humeur, passa une tête dans la salle où se restaurait son équipe et grimaça.

« Ça vous donne faim, tout ça ? » lança-t-il à destination des jeunes conseillers qui lâchèrent leurs assiettes garnies et leurs verres pleins à ras bord pour plonger le nez dans leurs smartphones.

« Bon appétit ! messieurs ! Ô ministres intègres ! Conseillers vertueux ! voilà votre façon de servir, serviteurs qui pillez la maison ! » enchaîna sa directrice de cabinet, une normalienne dotée d'un humour acerbe qui avait dirigé un temps la Comédie-Française et se plaisait à citer Victor Hugo dans le texte. « Je blague, bien sûr, se sentit-elle obligée de préciser devant le silence gêné de l'assistance. Continuez ce que vous avez à faire… bien que j'en ignore le sens…

— Nous obtenons des résultats encourageants dans les métropoles et en grande banlieue, se hâta de répondre le conseiller chargé des relations avec les élus locaux. Les bureaux de vote ne ferment qu'à vingt heures dans les grandes villes, et donc toute estimation avant vingt heures trente doit être considérée avec beaucoup de prudence. Il n'est pas exclu que nous ayons une majorité à l'Assemblée nationale.

— Encore heureux, parce que là, on est plus près de Waterloo que d'Austerlitz ! Le Premier ministre prendra la parole à vingt et une heures, tenez-vous prêts à relayer son intervention auprès de nos amis politiques et des journalistes. »

*

À vingt et une heures sept, le Premier ministre prit la parole derrière un pupitre dressé dans le salon Jaune de l'hôtel Matignon, devant le fond bleu clair impersonnel imposé par des conseillers en communication sans imagination.

« Les Français viennent de s'exprimer pour ce second tour des élections législatives. Aujourd'hui, trois électeurs sur quatre sont allés voter. C'est plus que nous l'espérions, et je m'en réjouis. À l'heure où je vous parle, les résultats sont encore incertains, mais je note avec modestie que les forces de progrès obtiendraient une courte majorité à l'Assemblée nationale. J'appelle tous les vrais républicains, tous les démocrates sincères, à soutenir l'action de mon gouvernement et à prolonger au Parlement le mandat donné par les Français à la présidente de la République. Notre majorité porte une vision ambitieuse de développement et de justice sociale. Il nous faut poursuivre sans relâche notre action pour retrouver notre croissance, surmonter les séquelles des crises sanitaires et des tensions sociales, corriger les injustices, préparer enfin la transition énergétique… et, surtout, redonner de l'espoir à notre jeunesse. Voilà ce qui motive, plus que jamais, mon engagement et celui de mon gouvernement au service de notre pays. Vive la République, vive la France et vive la Fraternité ! »

*

Vers une heure du matin, le visage de l'Assemblée nationale était enfin connu : la majorité présidentielle ne disposait que de sept sièges d'avance sur cinq cent soixante-dix-sept députés. Un résultat étriqué.

Pas une défaite, mais certainement pas une victoire.

La fin du vivre-ensemble ?

Le Monde, éditorial
20 juin

Le second tour des élections législatives compte des éléments de continuité, mais également de rupture. La continuité, c'est l'obtention par la gagnante de l'élection présidentielle d'une majorité lui permettant de mettre en œuvre son programme.

La rupture, c'est l'extrême polarisation de notre pays. La France n'est plus un hexagone mais bien un archipel de groupes sociaux, territoriaux, religieux ou culturels, que des fossés profonds séparent. D'une part, une France de gauche, ou à tout le moins progressiste, attachée aux valeurs humanistes, de tolérance, mais aussi à l'écologie et ouverte sur le monde. De l'autre, une France néoconservatrice qui se retrouve dans des valeurs chrétiennes, le souverainisme économique, le contrôle de l'immigration et l'attachement à une forme de ruralité.

La menace 732

Après une année de débats enflammés et de controverses permanentes, la question qui se pose est finalement d'une grande simplicité : saurons-nous – et même pourrons-nous – encore vivre ensemble ?

Ingérence électorale

Levallois-Perret, DGSI
20 juin, 7 h 45

La capitaine Nina Meriem ouvrit son ordinateur. Sa directrice générale lui avait envoyé, pour information, une note sur de récentes tentatives d'ingérence étrangère dans les élections françaises. Les services de cybersécurité en avaient détecté plusieurs dans les serveurs informatiques des prestataires chargés par le ministère des Affaires étrangères de centraliser le vote électronique des Français de l'étranger. Aucune trace formelle, mais de forts soupçons émis par l'Agence nationale de sécurité informatique (ANSI) sur l'origine russe des attaques en question. Même si aucun système n'avait été corrompu, les équipes cyber du gouvernement français avaient eu des sueurs froides. Le sujet était remonté jusqu'à l'Élysée, où le directeur de cabinet de la Présidente avait demandé au chef d'état-major des armées, le général Etchégarray, d'envisager la création d'une force combattante dédiée à la cyberguerre.

Un nombre important de sites d'extrême droite semblaient avoir servi de relais. Des mouvements financiers suspects avaient également été détectés dans le week-end par les analystes de TRACFIN[1].

Quelque chose d'encore indétectable semblait se mettre en mouvement.

1. TRACFIN (Traitement du renseignement et action contre les circuits financiers clandestins) est un service de renseignement placé sous l'autorité du ministère de l'Économie, des Finances et de la Relance. Il concourt au développement d'une économie saine en luttant contre les circuits financiers clandestins, le blanchiment d'argent et le financement du terrorisme.

Pork barrel politics

Paris, Maison de la Radio, France Inter
20 juin, 7 h 50

« Vous êtes bien sur France Inter. Il est sept heures cinquante, et c'est l'heure de la chronique du chef de notre service politique. Alors, cher ami, vos pronostics de vendredi dernier se sont-ils révélés corrects ?

— Eh bien, en partie seulement. La majorité présidentielle n'a pas bénéficié d'une vague de sympathie et d'adhésion lui permettant d'asseoir une solide majorité parlementaire. Mais les Français n'ont pas non plus voulu entraîner le régime dans une cohabitation entre la gauche radicale et la droite nationale qui n'aurait guère duré. Du coup, on se retrouve dans la situation la plus incertaine de toutes mes hypothèses, à savoir celle d'une "majorité riquiqui" de trois à quatre députés.

— Mais est-ce vraiment un problème ?

— Oui et non. Concrètement, le gouvernement va devoir négocier durement chaque vote avec les groupes parlementaires. Aux États-Unis, cette pratique de marchandage politique porte le nom un peu barbare de *pork barrel politics* : littéralement, la politique du tonneau de salaison ou de charcuterie. Plus trivialement, on pourrait parler d'appropriation des finances publiques à des fins politiciennes. Plus la majorité au Parlement est faible et plus chaque élu se trouve en situation d'exiger pour sa circonscription des aides, des emplois publics, des avantages fiscaux... Pas sûr que la démocratie en sorte grandie.

— Cette semaine sera donc décisive pour la majorité ?

— Oui, le vote de confiance de l'Assemblée nationale qui suivra la déclaration de politique générale que prononcera le Premier ministre donnera le ton du quinquennat. Sans un vote franc et massif de sa majorité, le gouvernement risque de tanguer dès sa constitution...

— À suivre donc ! Et maintenant, l'édito éco. »

Rosa Bonheur

Paris, quai de Seine
22 juin

Le chef de cabinet du Premier ministre avait décidé d'accorder à ses collègues un petit moment de détente le lendemain de la Fête de la musique. Il aurait pu emmener la cinquantaine de conseillers dans la résidence officielle du Premier ministre à Souzy-la-Briche, à une cinquantaine de kilomètres au sud de Paris, là où François Mitterrand rencontrait Mazarine et sa mère en toute discrétion, mais la distance et l'absence de tout caractère festif lui fit y renoncer. Il opta pour la proximité et la modernité en privatisant la cale d'une péniche amarrée à proximité du pont Alexandre-III. La péniche en question, la *Rosa-Bonheur*, était bien connue des jeunes conseillers et conseillères parlementaires qui passaient là une bonne partie de leurs soirées à l'issue des séances de l'Assemblée nationale. L'établissement se définissait comme « un lieu convivial et tolérant, ouvert aux mélanges, aux âges, aux goûts, et où qualité et ambiance se rejoignent chaque jour ». Tout un programme.

La joyeuse bande de l'équipe du Premier ministre s'y donna rendez-vous et enchaîna toute la soirée les mojitos, les Spritz et autres cocktails exotiques. Passablement éméché, Pierre-André décompressait de ces premières semaines intenses à Matignon où il avait accumulé les réunions, les notes techniques et les rendez-vous politiques. Avec son collègue chargé des questions fiscales, il s'engagea dans un improbable concours de karaoké consacré aux meilleures chansons de Céline Dion, qu'il remporta, à la surprise générale. Alors que la soirée était bien entamée, que le conseiller diplomatique commençait sur le ponton ses traditionnelles imitations du général de Gaulle et que le conseiller social annonçait sa volonté de rentrer chez lui en skate (ce qui allait lui valoir une chute mémorable et deux jours d'arrêt de travail), le jeune conseiller repéra, assise au bar, la délicieuse Anna K.

Dopé par la vodka et le gin-tonic, il entraîna la jeune femme au milieu de la piste de danse. Bien que balourd et sans rythme, il avait l'impression de mettre le feu au *dancefloor*, encouragé par les applaudissements de ses collègues, dont le discernement était définitivement aboli par l'alcool. Après quelques morceaux et un échange de sourires complices, ils s'échappèrent rapidement sur les quais. N'en pouvant plus, Pierre-André de Saint-Sernin enfourna sa langue dans la bouche de la jeune femme, qui en sembla satisfaite. Ils marchèrent le long de l'esplanade des Invalides, s'arrêtant toutes les trente secondes pour s'embrasser, se toucher, s'agripper l'un à l'autre.

Anna K. aperçut un taxi, qu'elle appela d'un grand geste de la main. Elle embrassa longuement Pierre-André avant de lui chuchoter à l'oreille :

« J'ai une audition importante demain matin très tôt au Sénat. Il faut que je rentre. À bientôt, j'espère ? »

Et elle fila dans la nuit parisienne, laissant le jeune homme désemparé.

Guillaume de Mirepoix

Paris, hôtel des Invalides
22 juin

Toute cette chienlit l'insupportait. Vraiment. Il avait passé la dernière décennie à se battre dans les zones tribales les plus hostiles, à la frontière de l'Afghanistan, puis au Mali. Tout cela pour que la gauche radicale opère un hold-up sur l'élection présidentielle et s'installe sans réaction majeure à l'Élysée et à Matignon. Vraiment, les Français étaient des veaux, le général de Gaulle avait raison. Lui, au moins, avait su leur rappeler que la France ne serait jamais un ramassis de gentils pacifistes suisses ou de pasteurs suédois dépressifs. L'élection avait été volée. Il en était certain. D'ailleurs, plusieurs chaînes d'information continuaient à en débattre. Cinquante mille voix avaient manqué à la candidate d'extrême droite au second tour de l'élection présidentielle. C'est la candidate de gauche à l'accent rocailleux du Midi qui avait été déclarée vainqueure par le Conseil constitutionnel. Ce dernier se targuait d'incarner l'indépendance et la neutralité politique alors que son président avait appartenu quelques années auparavant au même gouvernement socialiste que la nouvelle élue.

Un comble…

Par ailleurs, le nombre de procurations était anormalement élevé et les assesseurs de la candidate d'extrême droite n'avaient pas pu être désignés en nombre suffisant dans les bureaux de vote des Antilles et de Guyane. Et puis l'introduction du vote par correspondance et du vote électronique s'était opérée de manière pour le moins douteuse et opaque.

Il en vint à cette conclusion implacable : puisque l'élection avait été volée, que le pouvoir avait été confisqué, il fallait redresser la démocratie française, la sauver d'elle-même. Sur ce, il se mit à établir la liste des compagnons d'armes sur lesquels il pouvait compter aveuglément.

Koutouzov

PARIS, AMBASSADE DE RUSSIE
27 JUIN

Message crypté du correspondant du FSB[1] en poste à Paris :

LE CONTEXTE POLITIQUE FRANÇAIS APPARAÎT PLUS QUE JAMAIS INSTABLE ET DÉGRADÉ. APRÈS LA DÉFAITE DE NOS AMIS À L'ÉLECTION PRÉSIDENTIELLE PUIS AUX ÉLECTIONS LÉGISLATIVES, LE CLIMAT ME SEMBLE PROPICE AU DÉCLENCHEMENT DE L'OPÉRATION KOUTOUZOV TELLE QU'ENVISAGÉE LORS DE MA PRÉCÉDENTE VISITE À MOSCOU.

SAUF OBJECTION DE VOTRE PART, JE FAIS ACTIVER DÈS MAINTENANT LES CONTACTS UTILES SELON LA PROCÉDURE HABITUELLE.

Réponse immédiate :

ACCORD. VOTRE CORRESPONDANT EST AUTORISÉ À ENTRER EN ACTION.

---

1. Service fédéral de sécurité de la fédération de Russie ayant succédé au KGB en 1991.

Technique du coup d'État

PARIS, SCIENCES PO, AMPHITHÉÂTRE BOUTMY
27 JUIN

Sarah Effenberg entama sa leçon magistrale devant des étudiants bronzés, dilettantes, et finalement peu convaincus de l'intérêt d'assister à un cours sur les coups d'État. Elle se lança quand même.

« On ne naît pas putschiste, on ne s'improvise pas putschiste dans un État moderne, on le devient. Cela suppose une réflexion poussée et une préparation minutieuse. Si vous vouliez demain renverser le gouvernement démocratiquement élu de votre pays… » Sarah Effenberg nota que plusieurs étudiants sud-américains et africains tendaient l'oreille : « … vous commenceriez par étudier Malaparte. L'apport majeur de l'Italien Curzio Malaparte – 1898-1957 –, dans son ouvrage de 1931, *Technique du coup d'État*, qui lui valut de nombreuses persécutions de la part de Mussolini, est de penser le coup d'État en clinicien, de manière froide et objective, et non pas morale. Si vous ne devez lire qu'un livre cet été – ce dont je serais bien navrée –, c'est celui-là ! Cet ouvrage est devenu au fil du temps un classique. Il a été considéré comme le parfait manuel des putschistes en herbe, mais aussi, paradoxalement, comme un traité de l'art de défendre la liberté. Il fut ainsi interdit dans de nombreux régimes totalitaires. Malaparte a d'ailleurs fini par haïr ce livre, qui l'avait rendu célèbre mais qui avait fait de lui un ennemi public à surveiller. »

Tout en détaillant les principales conclusions de Malaparte, Sarah Effenberg remarqua à nouveau, au fond de l'amphithéâtre, une élève plus âgée que la moyenne et à la tenue vestimentaire moins bariolée. Jean délavé, veste kaki, cheveux noirs bouclés retenus en arrière, elle notait tout et semblait complètement absorbée par le cours. À l'issue de la conférence, elle se rapprocha de l'estrade et aborda l'enseignante :

« Merci pour votre cours, c'est vraiment passionnant, dit-elle.

— Merci.

— Je m'appelle Nina Meriem et je travaille au ministère de l'Intérieur…

— Nul n'est parfait, répondit avec son humour pince-sans-rire la professeure Effenberg.

— Accepteriez-vous de rencontrer quelques-uns de mes collègues ? Je pense que ça leur ferait du bien de s'ouvrir un peu au savoir académique.

— Pourquoi pas. Pour une tempête de cerveaux ?

— Euh… Pardon ?

— Un *brainstorming* ! J'aime beaucoup cette expression québécoise… Désolée. Oui, évidemment, sur le principe.

— Je n'abuserai pas de votre temps. Un petit déjeuner à la DGSI pourrait-il vous convenir ?

— Oui, bien sûr. Je ne sais pas vraiment ce que je pourrais vous apporter très concrètement…

— Un regard neuf et une perspective historique sur la situation actuelle…

— Si vous le dites.

— Je vous laisse ma carte de visite. Merci encore pour ce cours. Bonne journée, professeure. »

Monsieur Alexis

PARIS, CAFÉ DES MINISTÈRES
28 JUIN

Guillaume de Mirepoix sirotait son café en terrasse en feuilletant le dernier numéro de *Valeurs actuelles*. Ostensiblement, il parcourait cette feuille de chou dans un café situé à proximité de l'hôtel de Brienne où est installé le cabinet du ministre des Armées. Si les militaires étaient astreints au devoir de réserve, la Grande Muette était loin d'être silencieuse. Un mécontentement diffus mais persistant régnait dans les couloirs. Contrairement à ses collègues officiers qui tenaient davantage à leur carrière qu'à leurs convictions, le lieutenant-colonel Guillaume de Mirepoix ne prenait pas la peine de dissimuler l'extraordinaire mépris que lui inspirait le gouvernement actuel.

En une du magazine qu'il avait ouvert sur la table figurait la photo de la présidente de la République et du Premier ministre au milieu d'une cible de tir, avec cette légende explicite : LES TRAÎTRES À ABATTRE. À l'intérieur, les journalistes expliquaient à longueur de pages en quoi le nouveau pouvoir mettait à mal les traditions et les valeurs françaises, détricotait l'État-nation, cette œuvre patiemment construite par les rois de France, deux empires et cinq Républiques.

Le lieutenant-colonel eut une moue de dégoût. Franchement, la France tombait bien bas. Il fut abordé par son voisin de table.

« Quelle chienlit, n'est-ce pas ?

— On ne se connaît pas, je crois, répondit le lieutenant-colonel de Mirepoix d'un ton glacial.

— Non, mais nous partageons les mêmes valeurs, il me semble.

— Pardon ?

— Oui, je sais qui vous êtes. Un homme d'honneur et de convictions, un patriote qui se désole de voir un si grand pays sortir de l'histoire des grandes puissances par la petite porte. Je sais aussi que vous n'êtes pas seul. Nous estimons beaucoup votre supérieur, le général Villard.

— Admettons, répondit Guillaume. Et alors ?

— Mes amis peuvent vous aider.

— Mais qui êtes-vous donc ?

— Appelez-moi "Monsieur Alexis". Rassurez-vous, nous sommes dans le même camp. Je me permettrai de reprendre contact avec vous très rapidement. »

Sur ce, l'homme longiligne à la blondeur éclatante sortit du café.

Trois jours plus tard, Guillaume de Mirepoix reçut à son bureau une carte postale sous enveloppe. Sur cette carte postale, il reconnut facilement le pont Alexandre-III, l'un des plus connus de Paris, apprécié tout au long de l'année par les touristes pour ses statues dorées et ses illuminations de la Belle Époque. Au dos de la carte figuraient une heure et une date. Alors que prospèrent les cyberterroristes, les hackers et les outils de surveillance généralisés, le lieutenant-colonel se dit que finalement, les méthodes les plus anciennes étaient peut-être encore les plus efficaces.

Obsession

PARIS
29 JUIN

Anna K. devenait une véritable obsession pour Pierre-André de Saint-Sernin. Il ne cessait de penser à elle. Il lui envoyait des messages très suggestifs en pleine réunion interministérielle, auxquels elle répondait toujours d'un ton malicieux.

Prétextant une session de travail à venir avec une délégation parlementaire, il l'invita à dîner au Basilic, une brasserie branchée située à deux pas du ministère des Armées. En réponse aux compliments répétés sur sa beauté, elle évoquait le hasard de son ADN, une grand-mère russe, un père polonais… À la sortie du restaurant, Pierre-André agrippa sa partenaire et l'embrassa sauvagement contre la porte d'entrée d'un immeuble haussmannien. Ils entrèrent rapidement dans un hôtel du quartier, occupé généralement par des touristes.

Administrer une fellation ne nécessitant pas une position horizontale, le sas d'entrée de la chambre suffit largement à entamer leurs ébats. Le pubis soigneusement rasé d'Anna et ses petits seins tendus excitaient Pierre-André au plus haut point. Jamais il n'aurait pensé prendre autant de plaisir à retourner sa partenaire sur un canapé et à la saisir sauvagement par les hanches et les cheveux.

Son désir assouvi, Pierre-André regarda longuement la jeune femme dormir à côté de lui, ses longues jambes repliées, ses fesses courbées contre lui. Il nota mentalement les jolis grains de beauté de son dos et effleura brièvement un petit tatouage en haut de sa nuque, une croix, traversée à son pied par une barre penchée vers la droite. Une croix orthodoxe.

Décrépitude

Paris, pont Alexandre-III
1er juillet

Guillaume de Mirepoix traversa les rues du VIIe arrondissement parisien que les habitants se préparaient à quitter pour les lieux de villégiature estivale. Il longea l'Assemblée nationale gardée par les quatre statues monumentales de Sully, Colbert, de l'Hospital et d'Aguesseau, puis le Quai d'Orsay. Quand il aperçut le dôme doré des Invalides, il tourna à droite et s'avança sur le pont en direction du Grand Palais, cet immense vaisseau de verre et de fer posé sur les bords de la Seine. Au milieu du pont, il trouva le mystérieux Monsieur Alexis, absorbé par la vue de la tour Eiffel.

« Ah, je comprends que les jeunes mariés chinois fassent des milliers de kilomètres pour se faire photographier sur ce pont. C'est tellement beau ! Paris, la cité de l'amour, n'est-ce pas ?

— Si vous y tenez. Pourriez-vous plutôt me dire ce que nous faisons ici ?

— Évidemment, mon colonel. Marchons un peu, voulez-vous ? C'est que votre réputation a dépassé les murs du ministère et est arrivée aux oreilles d'un certain nombre de patriotes qui, tout comme vous, sont révulsés par la période actuelle. Il faut nous organiser, mon colonel. Vous n'êtes pas homme à regarder le pays tomber en décrépitude.

— Admettons. Comment pouvez-vous m'aider, concrètement ?

— Eh bien, je crois que vous pourriez avoir besoin de certaines informations, de contacts, d'argent et de soutien logistique… Quand on veut le pouvoir, il faut savoir se donner les moyens pour le conquérir, puis l'exercer. Prenez cette enveloppe, regardez son contenu et revoyons-nous prochainement. Vous recevrez bientôt une petite carte postale. »

Jamais deux sans trois

MORBIHAN, ÎLE DE GROIX
1er JUILLET

La présidente du Sénat attendait ses visiteurs à la descente de l'embarcadère. Ils avaient demandé à la voir d'urgence. Elle avait répondu qu'elle était en week-end prolongé sur l'île de Groix dans sa petite maison de pêcheurs, transmise de père en fille, et qu'elle ne la quitterait en aucune façon, sauf pour une alerte tsunami – ce qui, dans le golfe du Morbihan, restait hautement improbable. Elle accueillit donc ses visiteurs en pantalon blanc et marinière bleu marine, espadrilles aux pieds, un look qui lui donnait un air vaguement décontracté mais qui renvoyait inconsciemment aux valeurs ancestrales des marins bretons partis braver les dangers sur toutes les mers du monde.

L'absence de toute insécurité et de toute délinquance sur l'île lui permettait de renvoyer ses officiers de protection et de s'en remettre à la petite brigade de gendarmerie qui veillait sur Groix. De fait, protégés des fracas du monde, les îliens goûtaient une forme de sérénité à toute épreuve qui déteignait rapidement sur tout nouvel arrivant.

Deux hommes se présentèrent à elle. Le premier avait lui aussi opté pour un *dress code* de marin qui n'aurait pas dépareillé dans le catalogue de Saint-James : jean bleu et pull marin en laine blanche boutonné sur la gauche. Sa chevelure argentée coupée court, sa démarche saccadée et son air martial trahissaient son grade d'officier militaire.

Avec son improbable pantalon jaune et sa chemise rose, son acolyte n'avait pas cherché pour sa part à passer incognito. Le préfet Van den Loos n'avait pas pour habitude de raser les murs, même quand on lui demandait de faire preuve de discrétion. Il avait seulement renoncé à ses cravates écarlates.

La présidente du Sénat proposa aux deux hommes de rejoindre son domicile en marchant. Après un échange de banalités, ils entrèrent dans le vif du sujet au moment même où ils s'assurèrent de traverser une « zone blanche » rendant impossible toute communication et surveillance électronique.

« Ce n'est plus possible, commença le général Villard.

— C'est insupportable, renchérit Van den Loos.

— Je déteste tout comme vous cette idéologie écolo-gauchiste qui s'est emparée de nos institutions et qui place la France face à un grand danger. Je vous approuve, mes amis, mais que proposez-vous ? demanda la présidente du Sénat.

— Une amicale pression de la part de l'armée… commença le général.

— … une réponse respectant à la lettre la Constitution face à un événement imprévu mettant en cause le fonctionnement des institutions, compléta le préfet Van den Loos dans un numéro de duettiste bien répété.

— J'imagine que vous faites allusion à l'intérim que le président du Sénat doit assurer si le président de la République se trouve empêché.

— Exact.

— Sachez, messieurs, que je ne me déroberai pas dans l'exercice des missions qui m'ont été confiées. J'agirai toujours dans un cadre constitutionnel. Toute la Constitution, rien que la Constitution. Mais comme le général de Gaulle en 1958, je préfère ne pas tout savoir de ce qui se trame autour de moi et de ce que vous avez à l'esprit. *Don't ask, don't tell*, comme disent les Américains », conclut la présidente.

Son narcissisme instinctif lui jouait des tours, elle se voyait déjà prendre la pose dans la bibliothèque de l'Élysée pour se faire tirer un portrait officiel. Un cliché qui témoignerait de sa force et de sa détermination… Après tout, son trop méconnu prédécesseur Alain Poher avait assuré à deux reprises un tel intérim. *Jamais deux sans trois*, se dit la présidente du Sénat qui aimait à citer les dictons populaires.

Le reste de la discussion fut sans intérêt particulier, mélangeant considérations politiques globales, propos philosophiques sur les ressorts moraux comparés des Bretons et des Vendéens, et digressions relatives à l'histoire de l'île. Les visiteurs apprirent notamment que le leader nationaliste tunisien Habib Bourguiba y avait été placé en résidence surveillée par les services de police français en 1954, avant que Pierre Mendès France n'autorise son transfert dans le Loiret afin de pouvoir plus facilement négocier avec lui l'amorce de décolonisation de la Tunisie. Le général et le préfet ne prêtèrent pas attention à cette référence historique qu'ils associaient au déclin de la France.

De retour sur le continent, ils se mirent au travail.

Les princes des villes

Paris, Champs-Élysées
2 juillet

Monsieur Alexis, qui ne se présentait que sous ce nom, se prélassait dans un salon de massage près des Champs-Élysées. Il appréciait l'atmosphère tamisée de ce salon chic et discret, mais plus encore le contact des quatre mains de jeunes filles laotiennes légèrement vêtues sur la peau de son dos et d'autres parties de son corps, dont les plus intimes. L'alternance de pressions, de tapotements, de compressions et d'étirements lui apportait un sentiment de profonde détente musculaire et nerveuse. L'huile de coco chauffée doucement roulait sur son crâne, sa nuque, son visage. Il reconnut en léger fond sonore la voix de Michel Berger, « Les princes des villes n'ont pas besoin d'armure… » Il admirait cette science du pétrissage, et se dit que finalement des frictions savamment opérées constituaient un bienfait pour tout le corps. De longs mouvements fluides en direction du cœur suivis par des frictions énergiques destinées à stimuler la circulation sanguine lui donnèrent subitement un coup de fouet auquel il ne s'attendait pas. Les lèvres rosées d'une des masseuses s'attaquaient maintenant à son sexe. Puis deux langues titillèrent son membre qui se durcit avant de se dresser avec vigueur. Les mains expertes des deux jeunes femmes lui caressaient simultanément le torse et les cuisses. Il jouit violemment dans la bouche d'une des deux masseuses qui se retira sans un mot, le travail accompli. MASSAGE IMPÉRIAL REVIGORANT, annonçait une affichette à l'entrée du salon… Il se dit que la vie politique française allait elle aussi bénéficier du stimulus inattendu dont elle avait tant besoin.

Il se rhabilla lentement, sortit du salon, et descendit les Champs-Élysées. Il traversa la place de la Concorde et son obélisque aux hiéroglyphes dorés, puis le jardin des Tuileries et ses statues, pour se retrouver dans la grande cour du Louvre, devant la pyramide de verre et de métal.

Le lieutenant-colonel de Mirepoix l'attendait, habillé en civil, costume sombre, chemise blanche, cravate bleue, le regard songeur. Le soldat l'apostropha :

« Franchement, vous me prenez pour un touriste ou quoi ?

— Pas du tout, mon colonel, mais quoi de plus naturel que de profiter des bâtiments historiques en plein été ? Quoi de plus discret ?

— Bon, j'ai lu vos dossiers, j'ai tout regardé, mais avec le général Villard, on hésite… Je peux compter sur une douzaine de gars solides et fiables, dont trois capitaines. Lui dispose de quelques subordonnés qui le suivront quoi qu'il arrive. Mais haranguer les troupes à coups de discours patriotiques et revanchards ne suffira pas.

— Vous sous-estimez votre capacité d'entraînement… L'armée française est à cran. Elle n'en peut plus de tous ces politiciens qui se foutent de vos camarades tombés au champ d'honneur. Eux ne pensent qu'à leurs électeurs, à leur circonscription, leur mandat, leur voiture de fonction avec gyrophare, leur écharpe tricolore pour demander des passe-droits ! Si nous laissons le pouvoir actuel tisser sa toile, tous nos amis seront démis de leurs fonctions, comme ce brave préfet de police mis à la retraite anticipée. D'après les informations dont je dispose par mes amis russes, une grande purge se prépare, une loi scélérate de dégagement des cadres, le grand remplacement de tous les officiers qui refuseraient d'obtempérer. C'est maintenant qu'il faut agir ! Dans quelques semaines, il sera trop tard.

— Nous manquons d'hommes et de matériel.

— Vous n'en manquerez pas. Donnez-moi une liste de vos besoins, et je m'engage à les satisfaire.

— Le contexte n'est pas si bon… Peut-être devrions-nous attendre un peu pour passer à l'action ?

— Une conjoncture idéale, ça se prépare, ça se façonne, ça se construit. Comptez sur moi. Dans une quinzaine de jours tout au plus, vous aurez un boulevard devant vous. Vous serez accueillis en héros, en sauveurs.

— Mais les Français sont-ils prêts à tant d'audace ?

— Des sondages le prouvent, mais ils sont gardés secrets par le service d'information du gouvernement, prétendit Monsieur Alexis. Toutes les enquêtes auxquelles nous avons eu accès montrent que les Français n'en peuvent plus. Ils attendent de l'action ! »

Le lieutenant-colonel approuva d'un geste du menton. Les deux hommes se séparèrent après une longue poignée de main. Mirepoix était un soldat, mais surtout un idéaliste prêt à transformer ses idéaux en réalité, prêt coûte que coûte à rester fidèle à l'idée qu'il se faisait de la « vraie » France et de ses valeurs chrétiennes, prêt à imposer le bien et à éradiquer le mal par la force. Un idéalisme exalté et émotionnel, entretenu par une fusion de sentiments patriotiques et d'extrémisme religieux et qui ne demandait qu'à être soigneusement activé. *Dans les moments cruciaux, les militaires ne font en définitive confiance qu'aux militaires*, se dit Monsieur Alexis. Il allait les aider malgré eux à sortir de leurs fanfaronnades de salon et de leur indolence pour retrouver le goût de l'action.

Deuxième partie
Avertissements

« Une pirogue n'est jamais trop grande pour chavirer. »

Proverbe africain

Premier avertissement

PARIS
10 JUILLET, 3 H 30

Nina se réveilla avec difficulté, presque nue. Elle jeta un coup d'œil de l'autre côté du lit et y trouva la chevelure blonde de son compagnon enfouie dans l'oreiller. Elle avança à tâtons dans le couloir et s'assura que les deux jumeaux de trois ans, Georges et Aristide, dormaient profondément. Ils avaient fêté la veille ses trente-cinq ans au Marco Polo, ce restaurant chic à Odéon où se mêlent le Paris des politiques, celui des journalistes et celui des policiers. Tout en dégustant des antipasti arrosés de chianti, ils avaient parlé de tout, de rien. De vacances en Grèce, d'un projet d'enfant, des regards des vieux lubriques… Ses amis avaient eu la magnifique idée de lui offrir une paire de Louboutin rouge vif. Chaque année, elle s'achetait un volume de la Pléiade ; son choix s'était porté cette fois-ci sur George Orwell. Relire *La Ferme aux animaux* lui semblait tout indiqué dans ce contexte post-électoral…

De retour, ils avaient donné congé à la baby-sitter. Son compagnon l'avait déshabillée dans le salon sans un mot puis l'avait renversée sur le canapé. Il avait léché consciencieusement son sexe, longtemps, jusqu'à ce que le plaisir la fasse trembler légèrement et lui provoque un petit râlement. Elle avait alors repris le dessus, défait la braguette de son partenaire avec impatience, puis avait chevauché sa verge jusqu'à l'orgasme.

Mais en ce petit matin de juillet, à une heure où la fraîcheur de la nuit remplissait encore les nuits de Paris, la capitaine Meriem fut tirée de son sommeil par un SMS de la cellule de veille opérationnelle lui demandant de rejoindre immédiatement le siège de la DGSI.

*

Arrivée au bureau, elle prit connaissance des comptes rendus opérationnels de la nuit. Plusieurs bâtiments officiels avaient été vandalisés. Des tags de couleur rouge s'étalaient sur plusieurs devantures. Martel 732 s'affichait en lettres capitales sur les murs de la Grande Mosquée, sur ceux de l'Institut du monde arabe, ainsi que sur la porte de l'ancienne École coloniale abritant l'antenne parisienne de l'ENA et sur celle de l'Office français de l'immigration. Les vitrines du rez-de-chaussée de l'immeuble de la Banque Rothschild, qui pourtant faisait tout pour passer inaperçue, avaient également été ciblées.

Elle se dépêcha de rédiger en toute hâte une première ébauche de briefing pour la Patronne, qui ne manquerait pas de la convoquer à la première heure. Martel 732 : elle ouvrit un dossier classifié à ce nom, avec le mauvais pressentiment qu'il allait rapidement s'étoffer.

Martel 732

LEVALLOIS-PERRET, SIÈGE DE LA DGSI
11 JUILLET

Nina Meriem entra dans le bureau de Virginie Trinh Duc, sa directrice générale. Dans cette grande pièce impersonnelle située au sommet du bâtiment de verre et de béton construit récemment dans cette ville huppée de la banlieue ouest parisienne régnait une atmosphère d'ordre, de maîtrise, de contrôle. Pas un dossier ne traînait sur la table de travail. Pas un écran accessible au visiteur. Pas une plante verte. Seule une photo de famille donnait la touche humaine minimaliste nécessaire à la fonction. En revanche, une série de téléphones sécurisés en tous genres trônait sur le côté du meuble.

« Bonjour, Patron, dit sobrement la capitaine Meriem qui se souvenait que sa cheffe n'appréciait guère la féminisation des intitulés de fonction.

— Bonjour, capitaine. Merci d'être venue un dimanche à cette heure indue. Ne perdons pas de temps, je suis attendue par ma fille à un match de foot à dix heures, par mon mari à midi et accessoirement par ma belle-mère. Notez que vous pourriez être un parfait prétexte pour m'épargner le supplice du poulet familial, mais j'ai promis de faire un effort.

— Je comprends.

— C'est quoi cette histoire de tags "Martel 732" ? Les SMS tombent de tous les côtés : l'Élysée, Matignon, Beauvau, le CRIF[1], le Conseil français du culte musulman… Tous veulent avoir des informations.

— Eh bien, 732, c'est une référence à la bataille de Poitiers, exposa Meriem. La victoire de Charles Martel sur les Arabes qui marque la fin de l'expansion des sultans… Cela dit, on n'est pas sûr que la bataille se soit vraiment déroulée à Poitiers, car c'était peut-être à Tours… ni que la date soit correcte… ni du caractère confessionnel du combat, car des Francs auraient peut-être combattu avec les Arabes…

— Merci pour le cours d'histoire, mais je ne vous ai pas fait venir pour réviser mon baccalauréat que j'ai eu il y a fort longtemps, coupa Trinh Duc. On n'est pas sur France Culture.

— Euh, oui… Bien sûr, hésita la capitaine Meriem, qui passa son cerveau mal réveillé en mode dossier opérationnel.

— Qu'est-ce qu'on sait d'hier soir ?

— Pas grand-chose, à vrai dire. Les rapports de la préfecture de police ont recensé cinq tags : la Grande Mosquée, l'antenne parisienne de l'ENA, l'Office français de l'immigration ainsi que les devantures des bureaux de l'Institut du monde arabe et de la Banque Rothschild. Mais il n'est pas impossible qu'on en trouve d'autres dans la journée.

— D'accord. Il faut veiller à ce que les responsables de ces institutions portent plainte, sans attendre la réaction du parquet, pour obtenir l'ouverture d'une procédure judiciaire.

1. Conseil représentatif des institutions juives de France.

— Je m'en assurerai. Sur le mode opératoire, d'après les images de vidéosurveillance dont nous disposons, c'est du grand classique : une moto volée, deux hommes casqués dont l'un tague pendant que l'autre reste en surveillance, le moteur allumé. On est train de faire remonter toutes les images vidéo pour retracer leur parcours nocturne.

— Des pistes ?

— Aucun groupuscule connu ne revendique le nombre 732. Sur Charles Martel, on tombe évidemment sur tout un tas de néonazis, de suprémacistes blancs et d'adeptes de la théorie du grand remplacement.

— Encore ces théories fumeuses ? Franchement, cette idée d'un complot mondial organisé par une élite secrète pour remplacer les populations européennes par des Arabes et des Africains, on nage en plein délire !

— Effectivement, mais ces idées ont été très largement propagées sur les réseaux sociaux et ont inspiré de nombreux passages à l'acte. Le tueur de l'attaque de la mosquée de Christchurch, en Nouvelle-Zélande, en 2019, qui a fait une cinquantaine de morts, a utilisé à plusieurs reprises le concept pour justifier son geste.

— Bon, on a affaire à des loustics perchés…

— … mais dont on ne connaît pas la dangerosité. Les auteurs des tags peuvent être aussi bien des étudiants d'extrême droite qui s'ennuient à lire Charles Maurras et Jacques Bainville, que des groupuscules plus déterminés et plus violents.

— Creusez-moi cela avec la préfecture de police, Interpol, le renseignement militaire et la DGSE. Compte tenu du contexte, on ne peut négliger aucune piste. Si on identifie les auteurs, on y va sans perdre une seconde, on n'attend pas d'avoir la totalité de ces hurluberlus dans le viseur, d'accord ? Prenez contact aussi avec les Américains. Depuis que Joe Biden est arrivé à la Maison Blanche, la lutte contre les identitaires raciaux est redevenue une priorité. Une affaire de "sécurité nationale", comme ils disent.

— Très bien. J'ai un bon contact là-bas.

— Vraiment, je compte sur vous. Je prends très au sérieux cette affaire.

— J'ai bien compris.

— Je vous libère. Ah, au fait, vous avez commencé les cours à Sciences Po ? C'est important, la culture générale, pour réussir le concours de commissaire.

— Ça commence à peine. C'est bizarre de se retrouver au milieu d'étudiants…

— Profitez-en ! » conclut la directrice du renseignement intérieur avec un petit sourire en coin en raccompagnant sa subordonnée.

Sur le ring

PARIS, BANLIEUE EST
12 JUILLET

Le lieutenant-colonel Guillaume de Mirepoix avait demandé à Gustav de lui organiser une rencontre avec quelques hommes acquis à leur cause, sûrs et déterminés à agir. Le colosse frayait déjà depuis des années avec plusieurs groupuscules radicaux. Le ministère de l'Intérieur s'était acharné à dissoudre plusieurs associations ou groupements de fait suspectés de fomenter des actions violentes. Ces dissolutions décidées en Conseil des ministres empêchaient la mise en place d'organisations pérennes structurées et financées, mais la Place Beauvau ne pouvait pas interdire à des citoyens de se réunir et d'échanger des idées politiques. Pas d'organisation. Pas de local officiel. Pas d'organigramme. Une simple boucle de conversation sur une messagerie cryptée et des horaires d'entraînement. Ainsi renaissaient dans la clandestinité des para-associations…

Gustav conduisit de Mirepoix dans un club de boxe de la grande banlieue est de Paris, dont les membres avaient l'habitude de se filmer dans des postures viriles pour hurler leur haine de la police, des musulmans, des juifs et des homosexuels. Guillaume de Mirepoix ne se sentit pas complètement à l'aise au milieu des tags ACAB (*All cops are bastards*) et des machines de musculation. Il comprit qu'il avait face à lui des membres des Zouaves de Paris, ces jeunes hommes ultra-agressifs et nerveux qui s'étaient illustrés par des coups de force contre un lycée autogéré à Paris, le saccage de l'Arc de Triomphe pendant les mouvements des Gilets jaunes ou encore une agression envers un journaliste de la radio publique.

À la demande de Gustav, une vingtaine de jeunes gens aux pectoraux hypertrophiés, débordant de testostérone, arrêtèrent de soulever de la fonte et de taper sur des sacs de sable. Certains portaient de longues barbes à la façon des guerriers vikings, la plupart avaient le crâne rasé, tous arboraient de manière bien visible des tatouages évocateurs de leurs convictions idéologiques : croix celtiques renversées, croix gammées, double huit (pour HH, « *Heil Hitler* »), têtes de mort, serpents terrassés par des épées imposantes…

Gustav prit la parole :

« Bon, les gars, je vous présente un ami qui ne dira pas son nom, mais qui partage nos idées…

— Merci. Je ne suis pas venu vous faire un long discours. Vous avez déjà entendu trop de promesses, trop de belles paroles. Nous avons perdu trop de temps en palabres inutiles. Je ne suis venu vous promettre qu'une seule chose : de l'action. De l'action pour arrêter les invasions barbares et redresser la France…

— C'est pas en cassant des antifas et des gauchos ou en effrayant des journalistes qu'on remettra sur pied ce pays, approuva Gustav.

— Oui, je suis venu vous proposer une action d'éclat qui entrera dans les livres d'histoire et qui changera le cours des choses. »

Puis Guillaume de Mirepoix présenta sommairement ce qu'il attendait d'eux et la façon dont ils seraient contactés. Il insista lourdement sur la nécessité d'une absolue discrétion et d'éviter à tout prix les réseaux sociaux. Gustav viendrait à leur rencontre en personne leur donner leur ordre de mission. Faute de questions, le petit groupe se disloqua, et chacun retourna à son entraînement.

Dossiers

Levallois-Perret, DGSI
12 juillet

Le lendemain de sa convocation dominicale dans le bureau de sa directrice générale, Nina reçut les dernières transcriptions des messages électroniques échangés par divers groupuscules d'extrême droite qui avaient été placés sous surveillance par la DGSI. Dans une première boucle de messages, cent cinquante militants ultranationalistes pensaient discuter « en privé », à l'abri des regards et des grandes oreilles de la Sécurité intérieure. Les mêmes obsessions revenaient sans cesse : l'immigration, l'islam, les armes à feu et la guerre raciale qu'ils appelaient de leurs vœux. Dans ces petits groupes de discussion, on ne trouvait pas que des « gros durs » radicalisés : ils accueillaient des Français de tout âge et de toute profession, du chauffeur routier à l'étudiant, du retraité au cadre d'une grande entreprise privée. Les origines géographiques aussi étaient variées, allant de la Normandie à l'Occitanie en passant par la Vendée et l'Alsace. Les coéquipiers de Nina avaient extrait les « meilleurs » passages, ce qu'elle appelait son *best of* du matin. Le racisme y était décomplexé : les Maghrébins étaient traités de « bicots » ou de « petits gris », de « rats » qu'il faut éradiquer ; les Noirs, désignés comme des « nègres » qui « pondent en pagaille » et « infestent » les villes. Les personnalités de gauche se trouvaient qualifiées de « gauchiasses », de « bobos de merde ». Dénoncer ces messages était difficile parce qu'ils étaient tenus dans un cadre strictement privé et qu'ils ne pouvaient donc pas entraîner de poursuites judiciaires pour injures publiques. Pour autant, la DGSI gardait un œil vigilant sur ces groupes qui lui servaient de thermomètre de la haine en ligne.

Un autre groupe de discussion sur un réseau social russe inquiétait davantage Nina Meriem que la logorrhée délirante et insultante qu'elle venait de lire. On y discutait clairement de passage à l'acte. CE GROUPE POURRAIT AIDER À S'ORGANISER EN MODE DÉFENSE ET AIDE DE PATRIOTES, indiquait l'un des participants. JE PENSE QU'IL FAUDRAIT ÉVOLUER VERS LE MODE ATTAQUE VU LA TOURNURE DES ÉVÉNEMENTS, abondait un autre. Un troisième annonçait fièrement avoir PASSÉ SON PERMIS DE CHASSE ET PRIS UNE LICENCE DE TIR POUR SEPTEMBRE. Le fil de discussion s'achevait sur un encouragement lunaire à acheter une arbalète semi-automatique pour PERCER DU BOUCAQUE en toute discrétion. *Vraiment de quoi désespérer de l'intelligence humaine*, songea Nina.

Elle tira de son coffre un dossier intitulé « Mouvements subversifs et révolutionnaires ». Figuraient à l'intérieur les retranscriptions de conversations téléphoniques de putschistes patentés qui s'encourageaient entre eux à la sédition et au renversement de la démocratie. Là encore, malgré l'habitude, elle fut frappée par la violence des propos.

Le grand remplacement est partout. On ne s'épargnera pas une effusion de sang. Les anarcho-communistes peuvent mourir, c'est le cadet de mes soucis, prévenait un premier auteur.

Ouais, ça passera par le sacrifice du 93, du 92, du 91, du 94 et du 95, évoquait un deuxième en listant les départements de la région Île-de-France.

Commençons par rémigrer les délinquants et les profiteurs, et ensuite les Français se rendront bien compte des bienfaits de notre action. Mais pour cela, il faut d'abord renverser les bobos et leurs alliés islamo-écolo-gauchos.

Ça va être difficile de sortir de cette merde, mais avec cent mecs décidés, on y va et on fait un carnage. Il faut frapper les esprits.

Oui, créer des milices ou nettoyer nos quartiers, nos villes, nos campagnes. Seule l'armée peut faire cela…

Fin de l'échange. Les projets restaient relativement vagues, mais ils dénotaient clairement une envie d'en découdre. Cependant, pas de référence à Charles Martel ou à 732. Rien qui relie directement les tags aux écoutes. L'enquête patinait, et Nina Meriem commençait à montrer des signes de fébrilité. Elle savait que son avenir à la DGSI dépendrait grandement de sa capacité à dénouer cette première grosse affaire. Elle se replongea dans les dossiers à la recherche d'un semblant de piste.

Chambre haute

PARIS, PALAIS DU LUXEMBOURG
13 JUILLET

Jamais le palais du Luxembourg n'avait connu une telle effervescence. Habitués aux duels feutrés entre collègues, les sénateurs semblaient découvrir d'un coup la violence et la brutalité de la politique contemporaine. Depuis que la présidente du Sénat avait transformé les lieux en bastion de l'opposition, la fébrilité gagnait tous les bureaux, et plus particulièrement ceux du Petit Luxembourg. Dans cet hôtel particulier, la présidente de la Chambre haute avait rassemblé toutes les personnalités acquises à son offensive néoconservatrice. Le préfet Van den Loos, dont la seule activité professionnelle consistait à écumer les plateaux de télévision, déboula avec ce qu'il pensait être une idée lumineuse :

« Madame la présidente, il faut boycotter le 14 Juillet !

— Quoi ?

— Oui, il faut marquer votre opposition à la mascarade du pouvoir et organiser votre propre défilé !

— Ici ? Dans le jardin, entre les balançoires et les bateaux à voile du grand bassin ? Ridicule.

— Non, évidemment. Je vous propose beaucoup mieux. Allons à Orléans. Il existe depuis longtemps un défilé militaire dans la ville pour la fête nationale. Le protocole ne peut vous empêcher de vous y rendre. Vous, dans la cité libérée par Jeanne d'Arc, quoi de plus symbolique ? »

La présidente du Sénat prit le temps de la réflexion. Elle laissa son téléphone vibrer de longues minutes, se leva, fit le tour de la pièce, regarda à nouveau Van den Loos qui trépignait d'excitation.

« C'est d'accord, finit-elle par lâcher. Préparez-moi un communiqué de presse et voyez avec mon chef de cabinet pour l'organisation du déplacement. »

Si la préparation de cette visite officielle inédite fut entièrement déléguée à un jeune et dévoué chef de cabinet, il en alla autrement de la rédaction du communiqué, qui donna lieu à une bataille d'influence au sein de l'entourage de la présidente. Le préfet Van den Loos était arrivé avec un texte de plus de trois pages entièrement rédigé de sa main, que la chargée de communication tailla en pièces. Le conseiller qui faisait office de plume offrit sa médiation et proposa un texte dit « martyr » qui fut lu, relu, amendé, remanié, raturé, allégé..., sans parvenir à une unanimité. De guerre lasse, alors que le temps commençait à manquer, la présidente exigea la dernière version du communiqué de presse, qu'elle réécrivit largement de sa main :

En tant que présidente du Sénat, je ne peux plus, par mon silence et ma passivité, cautionner un affaiblissement permanent de l'État. La présidente de la République déshonore la fonction. Le gouvernement ne gouverne pas, il improvise, s'agite, dans une vaine tentative de complaire à sa majorité parlementaire composée d'idéologues. De cette irresponsabilité collective vont naître de grands désordres. Au nom de l'intérêt général, j'appelle l'exécutif à démissionner pour que de nouvelles élections puissent se tenir. Il n'y a rien de honteux à rendre la parole au peuple dans une démocratie.

Aussi, pour ne pas cautionner le comportement du régime actuel, j'ai choisi de ne pas participer au défilé du 14 Juillet à Paris. Je réunirai en revanche tous les patriotes, d'où qu'ils viennent, le même jour, à Orléans. Cette ville, libérée par Jeanne d'Arc, incarne comme nulle autre la résistance à la fatalité et le redressement de la France.

Le 18 Brumaire de Bonaparte

Paris, Sciences Po
13 juillet

Après avoir ajusté ses lunettes, la professeure Sarah Effenberg demanda le silence dans l'amphithéâtre et commença :

« Aujourd'hui, chers étudiants, nous allons étudier une date importante de la vie politique française, le 18 brumaire de l'an VIII, c'est-à-dire le 9 novembre 1799, qui est LE coup d'État par excellence. Un classique du genre qui ne cessera d'être utilisé comme référence par tous les potentats du globe. Pourquoi ? Tout simplement parce que le 18 Brumaire est le premier coup d'État où l'on voit se poser de manière aiguë la problématique de la prise en compte de la légalité, ou plus précisément de l'apparence de la légalité. Que s'est-il donc passé ?

— Un coup d'État ? osa un élève taquin.

— Mais encore ? questionna la professeure d'un air sévère. Personne ? Bon, alors votre présence à ce cours n'est pas complètement inutile. Napoléon Bonaparte, lorsqu'il revient en France après les campagnes victorieuses en Italie, souhaite prendre le pouvoir, mais sans abîmer son incroyable popularité.

Le jeune général veut que son coup de force garde toutes les apparences de la légalité. Deux hommes vont l'y aider : l'abbé Sieyès, grand théoricien et grand juriste, et Lucien Bonaparte, son propre frère. À eux deux, avec la complicité de quelques autres, ils fomentent un complot pour faire croire aux parlementaires qu'ils sont en danger à Paris. Les deux assemblées, c'est-à-dire le Conseil des Anciens – l'équivalent du Sénat – et le Conseil des Cinq-Cents, sont donc conduites à Saint-Cloud pour siéger sous la bonne garde… du général Bonaparte. On a cependant soigneusement "oublié" de convoquer la douzaine de membres les plus hostiles à un changement de régime… et les cinq directeurs, c'est-à-dire le gouvernement du pays, qui sont soit en fuite, soit déjà placés en résidence surveillée. Face aux dangers censés être toujours plus grands, Sieyès et Lucien Bonaparte doivent faire voter une résolution confiant les pleins pouvoirs à Bonaparte. L'abbé Sieyès a tout prévu, même de monter à cheval s'il fallait fuir… Sauf que, évidemment, le plan déraille. Une bonne vingtaine de députés ne se laisse pas faire et l'agitation gagne la représentation nationale. Le 18 brumaire, le discours de Bonaparte devant le Conseil des Anciens est reçu avec méfiance et hostilité. Mais c'est le lendemain que les choses se jouent : Bonaparte est accueilli au Conseil des Cinq-Cents, pourtant présidé par son frère, par des invectives, des insultes, des menaces. Son discours sonne comme une provocation. Les membres du Conseil, excédés, n'en peuvent plus et se jettent sur lui. Bonaparte est exfiltré par quatre grenadiers de sa garde qui le protègent des coups. Et là, par un renversement du sort, les Cinq-Cents commettent une grave erreur. Ils proposent de mettre aux voix un décret de proscription de Napoléon, c'est-à-dire une mesure de bannissement. Bonaparte et ses complices ne peuvent plus reculer. Lucien secoue les soldats, le brave général Murat tire son sabre et entraîne les grenadiers contre les parlementaires, et prononce cette formule passée dans l'Histoire : « Citoyens, vous êtes dissous !", puis, plus explicite, à l'intention de ses soldats : "Foutez-moi ça dehors !" Quelques heures plus tard, Lucien Bonaparte parvient à réunir quelques dizaines de députés pour faire légaliser le coup d'État.

« Quelles leçons tirer de tout cela, chers étudiants ? Tout d'abord, que sortir de la légalité ne se fait pas innocemment. Le coup d'État n'est que l'antichambre de la dictature, une règle universelle voulant qu'une fois qu'on a fait sortir les militaires des casernes, il est presque impossible de les y faire à nouveau rentrer. Un peu comme le dentifrice, diraient mes enfants… Et ce sera ma conclusion pour aujourd'hui », conclut Sarah Effenberg dans un grand sourire, sentant qu'elle s'était un peu emballée, ce qui ne lui ressemblait guère.

Elle sortit de Sciences Po plongée dans ses pensées, marcha le long du boulevard Saint-Germain vers l'Assemblée nationale. Elle se fit la remarque que les joggeurs étaient particulièrement nombreux dans la rue pour cette période de l'année. Nombreux, musclés, tatoués et rasés. Elle se surprit à regarder le tatouage d'un jeune homme qui venait de la dépasser sans forcer l'allure : une tête de mort, un sabre, et un nombre… 732.

Jeanne d'Arc

Orléans, cathédrale
14 juillet, matin

La présidente du Sénat était arrivée avant la cérémonie religieuse, en tenue sobre, tailleur bleu nuit et chemisier blanc, et autour du cou une discrète mais suffisamment visible chaîne en or avec une croix catholique en pendentif. Le chanoine, recteur de la cathédrale, lui avait réservé une visite privée qu'il ne destinait qu'aux VIP. En l'espèce, ce jour là, le maire – de droite – de la ville, accompagné du sénateur socialiste du département, éternels rivaux mais toujours complices pour promouvoir la cité johannique. Contrairement aux quidams et aux touristes, la présidente était entrée dans la nef puis avait gravi un petit escalier de pierre escarpé. Après quelques minutes d'effort, elle avait atteint le premier étage de l'édifice. Le balcon de la cathédrale, situé au-dessus des rosaces, offrait une vue dégagée sur la belle et paisible ville d'Orléans. Des gargouilles en piteux état et des statues de saints méconnaissables attendaient patiemment que des crédits soient dégagés pour permettre leur remise en état. Les visiteurs franchirent une petite porte et découvrirent, lorsque leurs yeux se furent un peu habitués à l'obscurité, le magnifique spectacle de la charpente en bois. Une gigantesque coque de bateau retournée supportait les ardoises du toit du bâtiment. La présidente du Sénat admira longuement les entrailles de la cathédrale, redescendit par le petit escalier, puis prit place au premier rang, qui lui était réservé pour la messe. À Orléans, les cérémonies religieuses précèdent toujours les cérémonies républicaines, que ce soit le 14 Juillet, le 8 Mai ou le 11 Novembre. Elle chanta de bon cœur, se signa ostensiblement et suivit la file des fidèles qui alla recueillir la communion des mains du prêtre. Le tout sous les yeux des photographes et des *cameramen* soigneusement disposés pour immortaliser les images du deuxième personnage de la République affichant avec ferveur sa foi catholique, avec derrière elle des bancs remplis de supporteurs ne cachant plus leur plaisir à l'idée qu'enfin la droite soit de droite, c'est-à-dire catholique, conservatrice, hostile à l'immigration et libérale sur le plan économique.

À la sortie de la messe, sous les vivats et les applaudissements, la présidente du Sénat prit un long bain de foule, multipliant les *selfies*, serrant les mains, embrassant les enfants, signant des autographes. Descendant la grande rue partant du parvis, elle marcha quelques minutes accompagnée d'une foule joyeuse, enthousiaste, qui commençait dans un excès de confiance à se demander si, finalement, cette présidente du Sénat ne serait pas une nouvelle Jeanne d'Arc, sainte patronne de la ville depuis qu'elle l'avait délivrée des Anglais en 1429. Seul un petit groupe de militants de la Ligue des droits de l'Homme, de la LICRA, du Grand Orient de France et d'anciens combattants était venu protester – en vain – contre ce mélange des genres. Ils obtinrent pour tout succès les salutations embarrassées du préfet de région, qui avec sa longue cape noire, son uniforme et sa casquette, était bien obligé de suivre l'étrange défilé. Au bout de la rue Royale, place du Martroi, avec la statue équestre de Jeanne d'Arc derrière elle, la présidente du Sénat fit une courte déclaration :

« Je suis venue aujourd'hui dans la cité délivrée par sainte Jeanne d'Arc porter un message d'espérance et de résistance. Non, la France n'est pas morte ! Non, la France, forte de son histoire millénaire, de ses racines chrétiennes, du rayonnement de ses armées et de ses hommes de lettres, ne s'éteindra pas. Je prendrai toute ma part dans l'effort de redressement qui attend des femmes et des hommes courageux, déterminés, fiers de leur nation. Nous stopperons le délire idéologique qui s'est emparé du pouvoir en place. Nous donnerons un coup d'arrêt au grand remplacement. Nous retrouverons le contrôle de notre destinée. Je vous en fais, ici, sous l'étendard de Jeanne, le serment ! »

Sous un tonnerre d'applaudissements, elle prit place dans la tribune officielle pour regarder le défilé militaire, se levant au passage de chaque drapeau tricolore. Puis, à l'issue du spectacle, elle s'engouffra dans une brasserie chic de la place, ouverte pour l'occasion. « La Chancellerie », tel était le nom du restaurant, qui permit à la presse d'en déduire que, par ce gros clin d'œil, la présidente du Sénat commençait à constituer son futur gouvernement… Guillaume de Mirepoix s'était fait porter pâle, déclinant toute activité officielle à Paris pour pouvoir être là, au cœur de ce qu'il pensait être « la vraie France », « celle qui résiste », « celle qui ne se rend pas ». Les mots de la présidente du Sénat l'avaient conforté dans sa détermination à agir.

Sur le chemin du retour vers la gare, il croisa quelques militants portant des pancartes NO PASARÁN et NON AU FASCISME. Arrivé à leur niveau, il arracha leurs pancartes, puis insulta les vieux messieurs qui les portaient. Au plus jeune homme qui tenta de réagir, il asséna un violent coup de coude, puis une série de coups de pied. Il s'enfuit en courant avant que les autres militants ne se mettent à filmer la scène.

En dépit des communiqués de presse des associations de défense des droits de l'Homme, personne ne se fit l'écho de l'altercation. Toute l'attention médiatique était concentrée sur la présidente du Sénat saluant la foule, avec en arrière-plan la cathédrale d'Orléans.

Bastille Day

Paris, Champs-Élysées
14 juillet

Pierre-André de Saint-Sernin avait toujours voulu assister au défilé militaire du 14 Juillet depuis la tribune officielle. Garçonnet, déjà, il restait des heures devant la télévision familiale, fasciné par les images de blindés, d'avions de chasse, d'hélicoptères et de fantassins marchant au pas. Sa fonction de conseiller ministériel auprès du Premier ministre lui permettait enfin d'assouvir un rêve d'enfant. Il arriva tôt place de la Concorde pour profiter des derniers préparatifs et de l'atmosphère particulière de ce *Bastille Day*, comme disent les Américains. À dix heures, la présidente de la République monta dans un véhicule de commandement de l'armée de terre pour passer en revue les troupes en compagnie du chef d'état-major des armées, le général Jean-Pascal Etchégarray, dont les commentateurs notèrent la nervosité. Pierre-André de Saint-Sernin descendit de la tribune officielle pour saluer un de ses collègues, membre du cabinet militaire du Premier ministre. Il fut surpris de constater un début d'agitation, qui commença à se répandre au sein des équipes de sécurité. Il comprit du propos un peu confus de son collègue que le fusil antidrone de la garde rapprochée de la Présidente avait été endommagé la veille lors d'une banale démonstration à la presse spécialisée. Or le chef du Groupe de sécurité de la présidence de la République – GSPR – venait de remarquer que deux drones miniatures semblaient suivre comme des mouches la voiture présidentielle, tout en hésitant à s'approcher.

« Neutralisation des appareils inconnus demandée ! commença à s'agacer dans son micro oreillette l'officier de sécurité de la Présidente.

— Fusil antidrone HS, lui répondit le poste de commandement situé juste derrière les tribunes.

— Débrouillez-vous, mais dégommez-moi ces intrus qui s'approchent trop près de nous.

— Impossible de tirer des coups de feu à balles réelles sans créer une panique monstre au milieu du public, lui répondit le gouverneur militaire de Paris qui venait de s'emparer du micro. Je suis sûr que ce sont des plaisantins. »

Au milieu des militaires en tenue d'apparat, Pierre-André suggéra :

« Nous pourrions peut-être faire appel aux drones Reaper de la 33e escadre de surveillance, de reconnaissance et d'attaque. Ils figurent dans le défilé aérien…

— Négatif, lui répondit son collègue. Ces drones ont une envergure d'environ vingt mètres. Ils sont bien trop volumineux pour intervenir sur des drones légers en pleine zone urbaine alors que le public commence à se masser sur les Champs-Élysées et que les médias filment en direct… »

À dix heures quarante-cinq, alors que le chef de l'État s'apprêtait à descendre de son véhicule pour rejoindre les autres membres de l'exécutif qui l'attendaient en tribune, il fut décidé d'utiliser les drones légers de reconnaissance du RAID[1] pour neutraliser les engins suspects. Facilement reconnaissables à la cage sphérique qui protège leurs hélices, les deux drones de fabrication suisse s'envolèrent depuis le poste de commandement situé place de la Concorde. Dirigés à pleine vitesse droit vers les engins suspects, ils les percutèrent violemment, faisant tomber au sol de nombreux petits débris de plastique et de métal sur les couloirs rendus interdits par des barrières de protection grisâtres.

Tenue au courant par son chef de cabinet, la présidente de la République ne broncha pas, mais les images ne trompèrent personne. Elle fit tout son possible pour contenir une colère d'anthologie, qu'elle réserva pour la fin de la cérémonie. Respectant le protocole, elle alla saluer avec déférence ses hôtes étrangers, chefs de gouvernement amis et clients potentiels de l'industrie d'armement française. On la vit cependant jeter des regards noirs vers son ministre de la Défense qui, fidèle à sa réputation, restait aussi impassible qu'un sphinx.

*

Mais ce qui fit assurément le plus polémique ce jour-là fut le choix de la musique par le gouverneur militaire de Paris lui-même. Le défilé commença par *La Chevauchée des Walkyries*, de Richard Wagner, intégrée dans la culture populaire pour avoir accompagné une scène du film *Apocalypse Now*, de Francis Ford Coppola, où des hélicoptères américains bombardent des villages vietnamiens ; puis les blindés français roulèrent avec

1. « Recherche, assistance, intervention, dissuasion », unité d'élite de la police nationale.

Carmina Burana, de Carl Orff, tandis que Richard Strauss et son *Ainsi parlait Zarathoustra* inspiré de Nietzsche clôturait l'événement. Autant dire que la bande-son choisie ne pouvait tenir du hasard et que les goûts du sélectionneur trahissaient une évidente fascination pour les artistes allemands dont la compromission avec ou la récupération par le régime nazi avait été plus ou moins grande, mais réelle. En tribune, les membres du gouvernement qui avaient un peu de culture musicale et cinématographique étaient rouges de fureur. Le lendemain, le quotidien *Libération* titra en une : Le défilé de la honte.

Il fallait une réponse à la hauteur de l'affront. La sanction tomba : le général Villard, gouverneur militaire de Paris et principal organisateur du défilé, était aimablement invité à faire valoir ses droits à la retraite. Lui qui n'était qu'un général peu connu devint un martyr. La coqueluche des médias d'extrême droite.

Le général Villard était le prototype du militaire ultraconservateur aux idées courtes. Allergique aux bureaux et aux livres, ennemi des réflexions stratégiques et des remises en cause. Direct, expéditif, instinctif et buté, il ne s'était pas gêné pour conseiller la candidate d'extrême droite à l'élection présidentielle, faisant rédiger par ses bureaux des fiches de synthèse prêtes à l'emploi pour les débats télévisés. Ses idéaux, son code de l'honneur et ses tripes lui commandaient d'agir. L'envie lui prenait régulièrement de mener ses soldats dans la rue.

Il était l'exact opposé du général Etchégarray. La rivalité entre les deux hommes était d'ailleurs bien connue et alimentait les discussions de couloir dans les états-majors. Ce que l'un faisait ou décidait, l'autre s'acharnait à le déconstruire. Deux clans, deux entourages, deux conceptions de l'armée et de la république s'affrontaient dans les réunions stratégiques sous les yeux mi-clos d'un ministre qui avait choisi de se réfugier dans la position d'un bonze énigmatique dont il fallait interpréter les silences et les imperceptibles mouvements de sourcils. « Plus vous vous laissez aller à parler, plus vous avez l'air banal et peu maître de vous-même », lui avait un jour soufflé son conseiller en communication. Le ministre appliquait à la lettre cette incitation au mutisme, qui lui évitait de surcroît de devoir décider, ce qu'il avait en horreur.

La présidente de la République, elle, avait tranché. À ceux qui l'appelaient à la prudence, à la clémence, bref à la faiblesse, elle répondit en citant l'empereur romain Caligula : « Qu'ils me haïssent, pourvu qu'ils me craignent. »

« Mais à se prendre pour Caligula, le risque est grand de finir comme Néron », s'amusa à répandre dans les couloirs de l'Élysée un jeune conseiller économique ambitieux, fier de son bon mot.

Il fut placardisé au service administratif du Palais dès le lendemain matin.

Joh

Paris, zone aérienne
14 juillet

Joh revenait d'une conférence internationale de hackers qui s'était déroulé à Berlin. Il se demanda si le succès de cette conférence tenait aux interventions qu'il avait entendues ou bien au fait que la prostitution était légale en Allemagne. Après une minute de réflexion, il trancha pour la seconde option. Il pensa immédiatement à sa compagne restée à Paris. Depuis qu'il travaillait pour cette association de défense des droits de l'Homme, ses déplacements professionnels se multipliaient, ce qu'elle ne supportait guère. D'origine gréco-italienne, elle avait un caractère de feu qui cadrait mal avec les nombreux compromis qui sont le lot quotidien des jeunes couples hyperactifs. Il regarda dans le hublot. Sa barbe rousse fournie se reflétait dans le soleil couchant. Il avait pesté de devoir travailler un 14 juillet, mais bon, il aimait voyager et il ne pouvait pas refuser grand-chose à son nouveau boss.

Toute la journée, il avait représenté la LICRA à cette conférence sur les faiblesses démocratiques en Europe organisée par plusieurs fondations européennes et américaines.

Il avait fait bonne figure, mais il n'en menait pas large. Cette fois-ci, le Renouveau national avait vraiment failli l'emporter à l'élection présidentielle. Jusqu'au bout l'issue avait été incertaine. À cinquante mille voix près, les forces réactionnaires s'installaient au pouvoir. Il imaginait une bande de blondinets nazis sabrer le champagne autour de la statue de Jeanne d'Arc. Le cauchemar total.

La nuit étant tombée, il fut surpris par des éclairs de toutes les couleurs et de toutes les formes proches du sol. Le pilote annonçait la descente sur Paris. Sur sa gauche, le ciel nocturne de la capitale était pavoisé de tirs de fusées colorées. Coup de chance, le bouquet du feu d'artifice du Trocadéro éclata quelques secondes avant que son avion touche terre. Le jeune homme sortit de la carlingue avec son sac à dos empli d'ordinateurs. Il ralluma son téléphone. Il découvrit que des militants de la LICRA et de la Ligue des droits de l'Homme avaient été menacés, insultés et brièvement molestés à l'issue d'une manifestation à Orléans à l'occasion de la fête nationale. *Tout fout le camp*, se dit-il. *Même les fachos ne respectent plus le 14 Juillet.*

Le nouvel art de la guerre

LEVALLOIS-PERRET, SIÈGE DE LA DGSI
16 JUILLET

Virginie Trinh Duc ouvrit ses dossiers du jour. Elle commença par une note consacrée à la « guerre informationnelle » qui avait été rédigée par le centre d'analyse stratégique de sa direction. Cette unité rassemblait des chercheurs, des diplomates, des policiers, dans le but d'essayer d'anticiper davantage les menaces et de préparer – dans la mesure du possible – des réponses. La lutte contre les ingérences étrangères était l'une des discrètes missions de la DGSI. Le passage suivant retint plus particulièrement son attention :

LA RUSSIE A PROGRESSIVEMENT ACCRU ET FUSIONNÉ SES OPÉRATIONS DANS LES DOMAINES CYBER ET MÉDIATIQUE POUR RASSEMBLER SOUS UN COMMANDEMENT UNIQUE LES UNITÉS CHARGÉS DE PILOTER LES ACTIONS DE « GUERRE INFORMATIONNELLE ». LE DEGRÉ DE SOPHISTICATION CROISSANT DES ATTAQUES SEMBLE DÉMONTRER QUE LA RUSSIE EXPÉRIMENTE DEPUIS LE MILIEU DES ANNÉES 2010 DIFFÉRENTES INITIATIVES ET LES PERFECTIONNE SIMULTANÉMENT afin de déployer une stratégie globale et intégrée. La structure des opérations et des différentes interférences menées dans les démocraties occidentales par les services russes laisse penser que l'objectif premier est de paralyser l'État ciblé plutôt que de le vaincre ou d'entreprendre une tentative de ralliement idéologique de la population. L'attaque est en effet généralement dirigée contre les sous-jacents du système démocratique lui-même (valeurs de transparence ; nécessaire confiance envers les représentants ; réputation de probité) davantage que contre une orientation politique prédéfinie. Au stade le plus critique, les spécialistes insistent sur les dangers d'une paralysie ou d'un aveuglement de la cible visée. L'appareil étatique doit être momentanément « distrait », incapable de prendre des décisions importantes ou de déléguer la prise de décision à des tiers.

Elle transmit la note au directeur de cabinet du ministre de l'Intérieur, en y apposant la mention Signalé. Elle la transféra également au nouveau préfet de police, un vieil ami, ainsi qu'au chef d'état-major des armées, le général Etchégarray, qui avait dans sa jeunesse, alors qu'il était jeune colonel, rédigé un mémoire iconoclaste sur les questions de guerre psychologique et de contre-propagande active.

Un Américain à Paris

Paris, ambassade des États-Unis
18 juillet

Entrer dans l'ambassade américaine était en soi toute une aventure. Avant d'y pénétrer, et bien qu'ayant été dûment annoncé, il fallait passer au travers de plusieurs *checkpoints* tenus par des gardes d'une société de sécurité privée, du personnel diplomatique et une haie de Marines en uniforme. Les portables restaient à la porte du bâtiment dans de petits casiers en bois fermés à clé. Évidemment, les armes n'étaient pas plus autorisées.

Nina Meriem traversa la cahute d'accueil située sur les Champs-Élysées, puis entra dans le bâtiment. Avec sa cour intérieure fermée et ses dalles en marbre blanc, tout était fait pour impressionner le visiteur. Un portait de La Fayette, à l'entrée, faisait face à ceux de Benjamin Franklin et de Thomas Jefferson, deux des tout premiers ambassadeurs nommés à Paris par la jeune république américaine.

On mena la capitaine de police jusqu'à une vaste salle qui avait servi un temps de bibliothèque. De vieux volumes étaient encastrés dans les rayonnages. Un rapide coup d'œil lui permit de repérer des Mémoires de présidents américains ainsi que des ouvrages de Montesquieu et de Tocqueville.

La personne avec qui elle avait rendez-vous arriva. Officiellement conseiller adjoint pour les questions politiques, son interlocuteur occupait en réalité les fonctions d'officier de liaison pour le FBI. Âgé d'une quarantaine d'années, grand, mince, d'une peau très pâle ponctuée de taches de rousseur, il avait des cheveux blonds rabattus en avant dans un effort désespéré pour masquer une calvitie naissante. Il portait en ce jour d'été un pantalon chino beige et une chemise blanche de marque. Le style classique du cadre faussement décontracté. Nina Meriem devina chez le diplomate un fils de bonne famille diplômé de Harvard ou de Yale, polyglotte et passionné pour les affaires internationales, ayant fait carrière sous la protection de présidents démocrates.

Il tendit à Nina Meriem sa carte de visite, sur laquelle figurait l'emblème de son pays, un aigle doré tenant des flèches dans ses serres, et entama la conversation avec une grande courtoisie et dans un français presque parfait. Seul un très léger accent trahissait sa nationalité.

« Nous sommes très préoccupés par le sujet, commença le diplomate. Le FBI considère que le niveau de dangerosité des nationalistes blancs est désormais équivalent à celui de Daech.

— Nous partageons votre préoccupation, répondit Nina Meriem. C'est un combat que nous devons mener ensemble. La directrice générale de la sécurité intérieure m'a chargée de vous transmettre sa volonté de bâtir une étroite coopération dans ce domaine.

— C'est une offre que nous accueillons de manière très favorable et que nous allons transmettre à Washington. Ces dernières années, nous avons pu constater que la plupart des groupuscules violents aux États-Unis entretenaient des liens plus ou moins réguliers avec l'Europe, la Russie ou l'Ukraine. Il nous faut nous coordonner davantage. À ce titre, que pouvez-vous nous dire sur cette affaire de tag 732 ?

— Pas grand-chose à ce stade, malheureusement. Nous n'avons pas de suspect identifié, mais il s'agit clairement d'un groupe issu de la mouvance d'extrême droite – ou de personnes qui cherchent à se faire passer pour eux.

— *Okay*… De notre expérience récente, ces groupes cherchent avant tout à saper la confiance dans les institutions et la démocratie. Avant même les événements de l'invasion du Capitole, le FBI avait déjoué, à la fin de l'année 2020, un complot visant à enlever la gouverneure du Michigan, farouche opposante à Donald Trump, dans le but de déclencher une guerre civile.

— Je l'ignorais, admit la Française.

— Nous sommes par ailleurs inquiets devant le nombre croissant de jeunes militaires attirés par le suprémacisme blanc. Nous avons arrêté récemment une nouvelle recrue, suspectée d'appartenir à un groupuscule sataniste néonazi dénommé Order of Nine Angles, qui se préparait à commettre en Turquie, dans son unité d'affectation, un véritable massacre. Il avait commencé à noter les points de fragilité dans le dispositif de protection du site et à cacher des munitions.

— Oui, en France aussi, nous constatons cette dérive. Nous avons arrêté à Limoges un ancien militaire soupçonné de vouloir s'en prendre à la petite communauté juive de la ville. Sur sa photo de profil Facebook, on pouvait voir un œil surmonté du symbole des escadrons de la mort, et il avait posté une apologie d'Anders Breivik, le terroriste norvégien responsable de la tuerie d'Utoya, en 2011.

— Je vois que nous partageons les mêmes inquiétudes. Je vous propose que nous restions en contact direct et que nous fassions un point d'ensemble avant la fin de l'été ?

— Parfait. »

En sortant, Nina Meriem ralluma son téléphone et se dépêcha pour ne pas arriver en retard à son cours à Sciences Po.

2 décembre 1851

PARIS, SCIENCES PO
18 JUILLET

Dans la torpeur de l'été parisien, Sarah Effenberg vit son cours se remplir de jeunes étudiants débraillés et de jeunes étudiantes peu vêtues. Elle se dit que jamais le grand Raymond Aron n'aurait accepté que ses élèves se présentent sans cravate… *Autres temps, autres mœurs.*

« Pour faire le lien avec la séance précédente, je commencerai par rappeler que le coup d'État du 2 décembre 1851 qu'a connu la France est le fait d'un autre Bonaparte, qui n'est autre que le neveu de l'Empereur. Cependant, à la différence du 18 Brumaire, le 2 décembre 1851 ne prend personne par surprise. Louis-Napoléon Bonaparte a certes été élu président de la République en décembre 1848 avec soixante-quatorze pour cent des voix, mais personne n'oublie que le Prince-Président, comme on l'appelle, a auparavant tenté à deux reprises de soulever des garnisons militaires dans le but explicite de renverser le roi Louis-Philippe. Or la Constitution de la IIe République interdit au président sortant de se représenter à l'issue de son mandat de quatre ans.

Donc, plus on se rapproche de la date d'expiration de son mandat, fixée au 8 mai 1852, plus les rumeurs de coup d'État bruissent. Louis-Napoléon Bonaparte se décide pour la nuit du 1er au 2 décembre 1851 en sortant des tiroirs de son bureau un épais dossier intitulé "Rubicon" et contenant toutes ses instructions ! Il fait arrêter la plupart de ses opposants politiques, en commençant par les élus connus pour leur sens de l'organisation ou leur expérience militaire. Des affiches officielles directement sorties de l'Imprimerie nationale sont apposées partout dans la ville de Paris, décrétant l'état de siège et annonçant la dissolution de l'Assemblée. L'armée se déploie dans la ville et balaye les quelques barricades érigées par les républicains. Mais là où le 18 Brumaire n'avait provoqué qu'une violence limitée contre des élus, le coup d'État du 2 décembre 1851 s'accompagne d'une répression policière et militaire féroce. Dans plusieurs départements, on assiste à de véritables scènes de guerre civile. Pour autant, tout comme pour le 18 Brumaire, Louis-Napoléon va chercher à faire avaliser son action de force par l'organisation d'un référendum, trois semaines plus tard. Le 20 décembre, sept millions de Français se prononcent en faveur d'une modification des règles constitutionnelles. Louis-Napoléon Bonaparte a ainsi beau jeu de déclarer : "Je n'étais sorti de la légalité que pour rentrer dans le droit." Mais moins d'un an plus tard, Louis-Napoléon rétablit l'Empire par la même procédure et devient "Napoléon III, empereur des Français". Permettez-moi, chers étudiants, un commentaire plus personnel pour finir ce cours. Ce qu'il y a de terrible, et d'affreusement scandaleux, dans les coups d'État de l'ère moderne, c'est cette volonté de masquer à tout prix la brutalité de la remise en cause de l'État de droit. Au nom du bien-être du peuple, ou de sa sécurité, une poignée de conjurés n'hésitent pas à abuser de leurs pouvoirs pour se cramponner à leurs fonctions ou encore faire prévaloir leur vision politique. La démocratie moutonnière, aveuglée dans la recherche d'un sauveur, ce n'est déjà plus la démocratie… »

S'instruire pour vaincre

Coëtquidan, Académie militaire de Saint-Cyr
20 juillet

Flavio Lumaya avait en grande partie forgé sa carrière politique sur la sympathie immédiate qu'on lui témoignait, ensorcelant ses interlocuteurs avec sa bonhommie et sa gentillesse, son insatiable désir de plaire. Son estime de soi dépendait largement de l'approbation des autres, et il savait que c'était un peu son talon d'Achille. « J'aime être aimé », disait-il souvent à ses collaborateurs qui lui reprochaient de céder trop facilement aux multiples sollicitations de tout ordre dont il faisait l'objet.

Son point fort était la « politique générale », ce qui veut dire parler de tout et de rien à la fois. Au fond, Flavio était persuadé que ni les sondages d'opinion, ni les lourdes enquêtes de l'INSEE ne reflétaient correctement « la vraie vie des Français ». Attentif aux peurs, aux colères, aux petites vexations du quotidien ou aux grandes humiliations familiales, il avait développé une vision politique originale, construite sur les attentes subjectives de ses concitoyens. Il citait toujours dans ses discours de multiples anecdotes pour illustrer les difficultés concrètes de l'existence, les expériences de souffrance, mais aussi l'incroyable capacité des êtres humains à se relever. Cette approche personnelle et peu cartésienne de l'action publique l'avait poussé à se méfier de toutes les idéologies et de toutes les chapelles politiques sectaires qui vous enferment dans des solutions toutes prêtes.

Flavio faisait sienne la définition de John Fitzgerald Kennedy selon laquelle la politique consiste à enfoncer les portes ouvertes avec vigueur. Il se frayait un chemin dans les idées politiques les plus à la mode avec une aisance remarquable. Il était tout à la fois écologiste, socialiste, républicain, démocrate, souverainiste et proeuropéen. Pas une anguille, mais plutôt un caméléon, adoptant la couleur des penchants de son électorat, du rouge vif au vert de chrome en passant par le rose pâle et le bleu nuit. Il n'y avait pourtant aucun cynisme chez lui, il croyait toujours ce qu'il disait, ou plutôt il arrivait toujours à se convaincre de ce qu'il disait, et c'est pourquoi tous ceux qui l'écoutaient finissaient par le croire.

Puisqu'il se rendait à la prestigieuse école de Saint-Cyr, il s'était découvert une passion pour les affaires stratégiques et le monde militaire. Il avait attentivement parcouru les notes synthétiques – « pas plus d'un recto verso » – rédigées par ses conseillers. Le jeune Pierre-André lui avait notamment brillamment résumé les enjeux économiques et militaires de la restructuration de l'industrie aéronautique de défense française ainsi que les montages complexes des politiques d'exportation d'armes.

Arrivé à Saint-Cyr, il fut accueilli par le général commandant l'école, qui lui fit une présentation panoramique des différentes formations avant de visiter le site. Tout se passa pour le mieux, le Premier ministre déployait tout son charme et toute sa curiosité, qui n'était pas feinte, relançant de questions pertinentes – savamment préparées par son équipe – les exposés des intervenants. La journée se terminait par une brève allocution devant les élèves officiers rassemblés dans le grand amphithéâtre de Coëtquidan. Flavio Lumaya évoqua le courage, le charisme, l'abnégation de l'armée française, dont les glorieux anciens s'étaient illustrés sur tous les théâtres d'opérations du globe.

En descendant de la petite estrade, il se dirigea spontanément vers le premier rang d'élèves pour leur serrer la main. Son geste resta sans réponse. Une fois, deux fois, trois fois, les solides gaillards en uniforme refusèrent ostensiblement de prendre cette main désespérément tendue à la recherche d'un contact. Devant le regard interloqué du Premier ministre, un des élèves finit par lâcher « qu'il ne serrerait pas la main de cette politique-là » ! Le Premier ministre ne sut quoi répondre devant un tel affront, et poursuivit sa visite avec un air mauvais que n'entamaient pas les promesses du directeur de l'école de « sanctions exemplaires pour manquement à la discipline la plus élémentaire ».

Évidemment, l'écho de cet incident ne resta pas enfermé entre les murs de l'établissement militaire. Il parvint aux oreilles d'un journaliste d'*Ouest France* qui s'empressa de rédiger une dépêche. Fort justement, il rappela que le dernier incident de ce genre remontait à 1959, lorsque des élèves de l'École normale supérieure avaient refusé de saluer le général de Gaulle à l'occasion de la tenue de leur bal annuel.

Flavio Lumaya avait beau ne pas avoir le même ego que l'homme du 18 Juin, il acheva cette visite terriblement vexé.

News from Paris

Paris, ambassade des États-Unis
20 juillet

Télégramme diplomatique de l'ambassade américaine à Paris à destination du conseiller à la sécurité nationale de la Maison Blanche :

En réponse à votre sollicitation, je vous confirme que tous les signaux font état d'une très forte dégradation du climat politique en France. D'une part, les résultats des élections présidentielle et législatives restent toujours contestés par une large part de l'opinion publique ; d'autre part, la nouvelle majorité ne semble aucunement vouloir jouer l'apaisement. Le chef du gouvernement a annoncé une série de réformes majeures dans les domaines sociétal, économique et militaire, sans aucune concertation. Il est à craindre que cette stratégie visant à solidifier sa majorité à l'Assemblée nationale et à donner des gages à son électorat ne finisse par générer des débordements incontrôlables.

L'opposition de droite et d'extrême droite se comporte de manière tout aussi irresponsable. La présidence du Sénat, occupée traditionnellement par des figures conservatrices modérées et consensuelles, est désormais le quartier général d'une opposition systématique, dure, frontale et outrancière. Sans surprise, les chaînes d'information en continu appartenant à des milliardaires néoconservateurs entretiennent un climat malsain en alimentant sans cesse leurs journaux de polémiques de plus en plus clivantes.

Afin de bien mesurer la situation, l'ambassade a consulté les autorités officielles, mais aussi de nombreux chercheurs et intellectuels. Tous partagent une vive inquiétude.

Dans ces conditions, l'ambassade des États-Unis à Paris recommande de renforcer considérablement notre action en France dans trois domaines :

1) le soutien aux associations et aux fondations agissant en faveur de la défense de la démocratie et de l'État de droit ;

2) l'appui aux partis politiques non extrémistes (formation à la communication numérique, réponses aux discours radicaux et stratégie de mobilisation de terrain) ;

3) l'échange d'informations avec les services de renseignement français concernant les groupes potentiellement violents ou appelant à des actions radicales.

Ce dernier volet devrait être privilégié de manière assez urgente.

Octobre rouge

Paris, Sciences Po
21 juillet

Finalement, Sarah Effenberg devait bien admettre qu'elle prenait plaisir à donner ce cours sur les coups d'État. Cela lui permettait de se replonger dans l'histoire du XXe siècle, notamment dans ses heures les plus mouvementées. Et puis les élèves, sympathiques au demeurant, ne connaissaient vraiment rien au sujet, ce qui les contraignait au silence et à l'écoute.

« Étudions à présent le coup d'État bolchévique d'octobre 1917 en Russie, plus connu sous le nom d'Octobre rouge…

— Comme le film de sous-marins ? questionna un étudiant.

— Oui, sauf qu'il ne s'agit pas uniquement d'un film de sous-marins avec un Sean Connery devenu trop âgé pour incarner James Bond… mais bien d'un épisode historique fondamental. Le cerveau de ce coup d'État qui a réussi au-delà de toute espérance est Léon Trotski – 1879-1940. Intellectuel, juif et marxiste, il se distingue par sa ruse et son sens de l'organisation. Si Lénine est l'idéologue, ou le penseur politique, de la révolution russe, Léon Trotski est à la fois le stratège et le maître d'œuvre de la prise du pouvoir des bolcheviques. Pour Trotski, la révolution peut réussir partout par l'application scrupuleuse de la tactique insurrectionnelle bolchévique. Il parvient à convaincre Lénine de s'emparer de points stratégiques bien identifiés pour acculer le gouvernement et le faire tomber comme un fruit bien mûr. Pour cela, une petite troupe de choc froide et violente, disciplinée et entraînée, peut suffire à saisir les rênes du pouvoir. Un plan est minutieusement dressé pour prendre le contrôle des points névralgiques de l'époque que sont les gares, les ponts, les centraux téléphoniques, les dépôts de blé, de charbon… Quelques semaines avant l'insurrection, les hommes de Trotski s'entraînent à des manœuvres invisibles – notez bien qu'il n'y a aucun super-héros issu de Marvel dans cette histoire. Ils se fondent dans la masse en plein jour pour repérer les lieux : garder en mémoire les plans des édifices publics, étudier la manière de s'y introduire, vérifier les entrées et les sorties… Le dernier élément repose sur le désordre et la désorganisation chez l'adversaire. Or, en 1917 à Saint-Pétersbourg, les bolcheviques bénéficient du chaos indescriptible qui règne dans la ville, où déserteurs et soldats désarmés se sont agglutinés. Les ministres ne gouvernent pas, ils s'accrochent au pouvoir et décident au jour le jour des mesures qui s'imposent à eux. Le 24 octobre, les bolcheviques fondent sur leurs cibles, qu'ils maîtrisent en quelques heures. La police se trouve incapable de suivre et ne comprend rien à ce qui est en train de se jouer. Le lendemain, les gardes rouges de Trotski prennent d'assaut le Palais d'Hiver où s'étaient réfugiés les ministères dans la panique. Échec et mat : le coup d'État a réussi. Lénine peut sortir de la clandestinité et exercer le pouvoir. Fin de la leçon pour aujourd'hui », conclut Sarah Effenberg.

Un joyeux brouhaha s'ensuivit. Les étudiants n'avaient visiblement été que très peu perturbés par la fragilité des institutions démocratiques que venait d'évoquer leur professeure. Sarah Effenberg se sentit bizarrement fière d'avoir prononcé dans le temple de l'élitisme républicain français les noms de Lénine et de Trotski. Plus personne n'étudiait la révolution russe. Funeste erreur... Elle se rassura en voyant sortir rapidement la jeune capitaine de police qui suivait son cours.

Préfet de police

L'Obs
21 juillet

Cinq choses à savoir sur… Richard Langlais, le nouveau préfet de police

1. Grand serviteur de l'État

Richard Langlais est un haut-fonctionnaire, un serviteur de l'État « à l'ancienne », attaché à l'intérêt général et au bien public, au-delà des considérations politiques. Diplômé de Sciences Po puis de l'ENA (promotion Victor Hugo), il a fait toute sa carrière au sein du ministère de l'Intérieur, occupant plusieurs postes sensibles tels que directeur général de la police nationale ou préfet de Corse. Avant cela, il avait posé ses valises dans le Maine-et-Loire, dans le Haut-Rhin ou encore en Isère. « Son unique maîtresse, c'est Marianne », nous confie son épouse.

2. Guadeloupéen

Né à Pointe-à-Pitre, en Guadeloupe, dans une famille modeste, Richard Langlais reste profondément attaché à son île. Sa connaissance intime des différents réseaux de pouvoir l'a amené à exercer des missions discrètes et sensibles pour mettre fin à des mouvements sociaux de grande ampleur. « Un homme de confiance » dont la nomination ne surprend pas le monde feutré des préfets.

3. Préfet-diplomate

Son prédécesseur appréciait le calme, la sécurité et les motos (dans cet ordre) ; lui évoque spontanément le dialogue, la coopération et la diplomatie. À la Ville de Paris, les élus auraient poussé un immense soupir de soulagement en apprenant son arrivée aux commandes de la prestigieuse préfecture de Police (PP).

4. Amateur de poésie

C'est son jardin secret. Des livres de poésie s'empilent dans sa bibliothèque personnelle, avec une prédilection pour ses compatriotes antillais, Aimé Césaire évidemment, mais aussi Saint-John Perse, Édouard Glissant… Pendant des réunions de gestion de crise, il aurait pour coutume de réciter des vers pour redonner de la sérénité à ses équipes. « Une légende urbaine », nous dit-il dans un immense sourire accompagné d'un clin d'œil complice…

5. Ascète

Ses collaborateurs le décrivent comme un ascète, un Spartiate, mangeant peu, dormant rarement. Toujours d'un calme olympien et d'une humeur égale. Un bourreau de travail qui ne laisse rien au hasard, aussi exigeant avec lui-même qu'avec ses équipes. On les plaint forcément un peu…

Défense sicilienne

PARIS
22 JUILLET

Nina Meriem avait organisé l'échange entre la professeure Effenberg et ses collègues de la DGSI dans une antenne discrète de la capitale. Plongés dans le confort de grands canapés – un luxe rare dans la maison policière –, ils avaient devisé sans ordre du jour précis, dialoguant et partageant des anecdotes sur l'Irak ou l'Afghanistan, les réseaux islamistes en Ariège ou les communautés tchétchènes de Tarbes… La professeure de sciences politiques leur avait fortement recommandé le remarquable ouvrage de son collègue Marc Hecker évoquant une guerre de vingt ans contre le terrorisme islamique. Il était finalement assez rare qu'universitaires et praticiens se retrouvent dans un cercle fermé pour converser et confronter leurs analyses.

Lorsque la conversation dériva sur le groupe « Martel 732 », Sarah Effenberg prit un court moment de pause pour réfléchir. Même si elle n'était pas une spécialiste de l'extrême droite française, elle sentait que les agissements du groupuscule n'étaient pas sans lien avec le contexte politique. Elle ne voyait pas pourquoi ce groupe s'arrêterait spontanément en si bon chemin, alors que les médias commençaient à s'intéresser à eux et à répercuter leurs actions. Devant l'attitude quelque peu désemparée de ses interlocuteurs, elle asséna :

« Résumons-nous : vous ne savez pas grand-chose, vous avez toujours un temps de retard et la pression s'accroît. Je n'ai pas de conseils à vous prodiguer. Je me bornerai à vous conseiller de reprendre l'offensive. Aux échecs, la meilleure défense, c'est l'attaque. Il vous faut jouer une "défense sicilienne"…

— Pardon ?

— Quand on joue les pièces noires contre les pièces blanches, on a par définition un coup de retard. Pour gagner, il faut arriver à bloquer l'occupation du centre de l'échiquier en déployant ses pièces.

— Cela ne me dit rien. Je n'ai jamais été une grande fan des échecs. Pour moi, Kasparov, c'est un antivirus pour ordinateur…

— Il n'est jamais trop tard pour apprendre. »

Le dialogue s'acheva. Pour l'instant, la DGSI se trouvait poussée dans ses retranchements, au bord de l'échiquier, avec un coup de retard face à un adversaire insaisissable.

Anatomie d'un instant

Paris, Sciences Po
22 juillet

Sarah Effenberg constata avant de commencer son cours que les défections augmentaient parmi ses étudiants. Même la capitaine Nina Meriem lui faisait faux bond. Elle se dit qu'elle devait être en congés ou toujours sur cette affaire de tags « Martel 732 » dont les médias avaient un peu parlé. En dépit des bancs clairsemés, elle commença.

« Nous partons en Espagne aujourd'hui. Et précisément en 1981, qui connut un étrange événement. Le coup d'État du 23 février 1981 présente en effet la particularité d'avoir été enregistré à la télévision et diffusé en léger différé. Ce soir-là, un groupe de gardes civils débarque dans l'hémicycle et interrompt la séance d'investiture du nouveau gouvernement après presque cinq ans de mandat au cours desquels le pays est sorti de la dictature franquiste pour se rapprocher d'un régime démocratique parlementaire. Le grand écrivain espagnol Javier Cercas a décortiqué cet épisode incroyable dans un magnifique ouvrage de plus de cinq cents pages, intitulé *Anatomie d'un instant*, que je vous recommande vivement.

Mais comme je ne me fais pas beaucoup d'illusions sur votre capacité à lire un tel pavé, je vais vous en parler directement. Le 23 février donc, à dix-huit heures vingt-trois précisément, un lieutenant-colonel entre dans le Parlement espagnol, à la tête d'une petite troupe de seize officiers et cent soixante-dix soldats appartenant à la Guardia Civil. Les députés sont séquestrés et les ministres retenus prisonniers. La suite du plan était simple : des officiers généraux devaient soulever leurs garnisons et se déployer dans les villes de Madrid et de Valence. Mis sous pression, le jeune roi Juan Carlos, quarante-trois ans à l'époque, devait céder à la proposition de la hiérarchie militaire d'un nouveau gouvernement mettant entre parenthèses la transition démocratique, et l'obligeant à constituer un gouvernement d'unité nationale dirigé par un militaire prestigieux et dans lequel l'armée pourrait imposer ses vues. Dans un premier temps, c'est l'attentisme généralisé qui prévaut en Espagne. Ni les syndicats, ni le patronat, ni les partis politiques, ni les ambassades étrangères, ni les journaux, à quelques exceptions près, ne condamnent le coup d'État. Ce qui le fait échouer, c'est le discours du roi. En proclamant à la télévision son attachement à la Constitution et à la démocratie, il frappe les esprits et met fin aux hésitations des chefs militaires. Le monarque, que tout le monde avait sous-estimé, décida dans la foulée de constituer un gouvernement intérimaire composé uniquement de civils, sous la direction du ministre de l'Intérieur. Après une nuit de tension et d'ultimes négociations, la reddition fut obtenue à onze heures trente. Le président de la Chambre des députés leva la séance de façon officielle et les parlementaires purent se retirer. Il venait de s'écouler dix-sept heures depuis le début du coup d'État ! Les principaux protagonistes furent condamnés quelques mois plus tard à des peines de prison allant de six mois à trente ans de prison. Chers étudiants, pour une fois il y a là un motif d'espoir… L'échec du coup d'État donna en effet une vraie légitimité institutionnelle et une grande popularité au jeune monarque espagnol, qui devint le sauveur de la démocratie. L'échec du coup d'État fut le vaccin le plus efficace contre un autre coup d'État. »

Deuxième avertissement

24 JUILLET

De : Martel@732.fr
À : contact@elysee.fr ; questions@pm.gouv.fr ; medias@interieur.gouv.fr
Objet : Avertissement

De l'Antiquité au Moyen-Âge et à la Renaissance, Grecs, Gaulois, Romains, Francs, Carolingiens, Capétiens et Église catholique ont façonné la France. Aujourd'hui, c'est une population non européenne et non catholique, essentiellement africaine et islamiste, qui, depuis plusieurs décennies, s'installe régulièrement en France et en Europe de l'Ouest.

De plus en plus de Français vivent mal la transformation de leurs villes, le communautarisme et ses dérives, un droit d'asile dévoyé, des jeunes filles voilées, des valeurs républicaines bafouées dans des écoles, des mosquées de plus en plus nombreuses, des prénoms arabo-musulmans en forte hausse, des quartiers de non-droit, des attentats islamistes... Quant à l'africanisation de la France, elle est illustrée symboliquement par des nominations au plus haut niveau du gouvernement.

Face à cette situation lourde de conséquences, les responsables politiques restent étrangement aveugles et fuient leurs responsabilités. Pour se donner bonne conscience, ils prennent des mesures d'accompagnement aux migrants de plus en plus onéreuses, qui sont autant de signaux encourageant l'immigration.

France éternelle, réveille-toi avant qu'il ne soit trop tard ! Martel 732, lève ton bras vengeur !

*

Le message électronique envoyé sur des adresses génériques fut rapidement étiqueté comme « problématique » et transmis à la DGSI pour analyse et traitement. Il y avait peu d'espoir d'arriver à identifier les auteurs de ce mail, qui maîtrisaient sans nul doute l'art des faux comptes sur internet. Mais ce deuxième avertissement fut suffisamment pris au sérieux pour que la ministre de l'Intérieur demande à Virginie Trinh Duc de mettre un nouveau coup de pression sur ses troupes. La capitaine Nina Meriem reçut pour instruction de redoubler d'efforts.

Washington Post

Paris, place Denfert-Rochereau
24 juillet

Monsieur Alexis s'était amusé, en cette journée ensoleillée, à se grimer en touriste américain : T-shirt Harvard bordeaux, bermuda beige, sandales et surtout casquette de base-ball bien vissée sur la tête. Assis dans un café de la place Denfert-Rochereau, face à la statue du *Lion* d'Auguste Bartholdi et à l'entrée des catacombes de Paris, il déplia son journal, l'exemplaire du jour du *Washington Post*. Il lut :

La Fayette nous voilà !

La France et les États-Unis sont-ils sur le point de créer une nouvelle coopération dans le domaine de la lutte contre les extrémismes identitaires ? De source bien informée, des contacts au plus haut niveau auraient été noués afin de renforcer la coopération opérationnelle entre les services de renseignement dans le but de détecter et prévenir les actions violentes fondées sur le racisme et l'antisémitisme. On sait que la Maison Blanche a fait de ce sujet une question de sécurité nationale et une priorité dans la feuille de route du FBI et de la CIA. Le sujet n'est cependant pas complètement nouveau : dès 2020, la diplomatie américaine avait inscrit sur sa liste noire pour terrorisme un groupe suprémaciste blanc, en l'occurrence le Mouvement impérial russe et trois de ses chefs. La CIA reprochait à ce groupe de « fournir un entraînement paramilitaire à des néonazis et des suprémacistes blancs » dans deux centres de Saint-Pétersbourg, et d'avoir formé des extrémistes suédois responsables d'attentats dans leur pays fin 2016, début 2017.

Côté français, la mission revient à la DGSI, dont la directrice, Virginie Trinh Duc, serait attendue pour un déplacement officiel à Washington, à l'automne, au cours duquel elle devrait rencontrer le conseiller à la sécurité nationale de la présidence américaine.

Monsieur Alexis replia son journal. Une jeune femme vint à sa rencontre. Très belle. Elle laissa sur sa table deux feuilles de papier A4 pliées, puis repartit. Alexis rangea les feuillets d'un geste lent dans son sac à dos, finit son Coca Zero puis héla un taxi. Dans la voiture, il lut tranquillement le message. Des plans, des croquis, des dessins crayonnés, reproduisaient les locaux de plusieurs hauts lieux de la République.

Les repérages d'Anna K. avançaient bien.

De midi à minuit

PARIS, RUE CADET, SIÈGE DU GRAND ORIENT DE FRANCE
24 JUILLET, MIDI

Le musée de la Franc-maçonnerie, situé dans les locaux du Grand Orient de France, principale obédience maçonnique française, accueillait régulièrement des groupes de visiteurs curieux d'en savoir plus sur cette mystérieuse confrérie. En ce jour chaud et orageux, les touristes étaient peu nombreux à se présenter devant ce bâtiment à l'imposante façade grise monolithique décorée d'inscriptions ésotériques. Un certain Gilles Roger, de taille moyenne, doté d'une moustache noire généreusement fournie et d'une chevelure abondante, entra et demanda à visiter les lieux. Il avait réservé sa visite par internet. Le vigile placé à l'entrée procéda aux palpations et aux contrôles de rigueur avant de retourner somnoler derrière les portes de sécurité.

Soudain, il reçut un coup violent derrière la tête qui le fit tomber. Des coups de pied dans le ventre et le bas-ventre s'enchaînèrent, provoquant ses hurlements de douleur puis son évanouissement. Un deuxième vigile, alerté par les cris de son collègue, se présenta. Peu téméraire, il repartit en sens inverse en courant dans les étages un téléphone à la main, tentant désespérément de joindre le commissariat du IXe arrondissement.

Quelques minutes plus tard surgirent du métro et des rues avoisinantes une dizaine de jeunes hommes cagoulés et habillés entièrement de noir. À toute vitesse, ils s'engouffrèrent dans les locaux. La petite troupe se dirigea directement vers le musée discrètement hébergé au rez-de-chaussée. Aux cris de « Liberté ! Liberté ! », ils détruisirent une à une, à coups de batte de base-ball, les vitrines comportant objets et vieux manuscrits. Un des membres du commando filma la scène et la diffusa en direct sur les réseaux sociaux.

« Morts aux Francs-mac ! »

« Sus au complot judéo-maçonnique ! »

En quelques minutes, les locaux du musée furent saccagés. L'épée du marquis de La Fayette, éminente figure de l'obédience, fut brisée, réduite en miettes. Les cordons dorés et les chasubles colorées furent déchirés sur place.

Le plus grand des membres du commando sortit une bombe de peinture et tagua en grosses lettres sur l'entrée du musée : ÉLECTION VOLÉE. COUP D'ÉTAT MAÇONNIQUE ! MARTEL 732 VAINCRA ! DERNIER AVERTISSEMENT.

La troupe progressa alors d'un pas décidé vers le temple Groussier, présenté sur internet comme le lieu de réunion le plus important. Avant d'ouvrir les lourdes portes, les hommes décrochèrent le tableau de l'émir Abd el-Kader, figure de l'opposition à l'empire colonial français et franc-maçon lui-même. À coups de rangers noires, la toile fut crevée, piétinée, défigurée. À l'intérieur du temple, les sièges furent renversés ; les épées de cérémonies, jetées à terre.

La statue de Marianne décorée du compas et de l'équerre fut mise à bas et réduite en morceaux.

Au bout de quinze minutes, alors que les sirènes de police commençaient à peine à retentir dans le quartier, le commando évacua les lieux par une issue de secours donnant sur une rue voisine.

Sur les réseaux sociaux, les hashtags #Martel732 et #bienfait, relayant la vidéo qui venait d'être tournée, se diffusèrent à toute vitesse, suscitant autant de messages de condamnation que d'approbation.

*

Quand elle arriva sur place, la capitaine Nina Meriem trouva des lieux dévastés et la police scientifique au travail. On lui présenta un ancien grand maître, présent sur les lieux au moment de l'attaque. Sous un air débonnaire, l'homme ne masquait pas un profond désarroi. Il répondit pour la forme aux questions de la capitaine, par respect pour l'institution policière plus que par conviction quant à l'efficacité de l'enquête à venir. Nina sortit un carnet de notes et commença à l'interroger.

« Des idées sur les auteurs de cette attaque ? Des ennemis ? questionna-t-elle.

— Des idées ? Des ennemis ? Mais nous n'avons que ça, nous autres francs-maçons ! Nous servons de boucs émissaires à tous les cinglés en mal de théorie du complot. La persécution de la franc-maçonnerie a toujours été, hélas, la spécialité des régimes autoritaires… et des groupuscules extrémistes.

On nous accuse de cacher des secrets, mais le secret, c'est qu'il n'y a précisément aucun secret. Tous nos rituels figurent dans des ouvrages en vente libre dans la librairie d'en face ! Les journalistes en mal de scoops sensationnels seraient bien déçus s'ils participaient à nos réunions. Ils y verraient d'honnêtes gens discutant aimablement entre eux des choses du monde et de philosophie.

— Oui, mais tous ces symboles ? Attaquer ce musée, ce n'est pas un hasard…

— Les symboles, les rituels, les cérémonies… Ce n'est pas très important. C'est juste un cadre, comme il en existe dans beaucoup de sociétés humaines.

— Donc, aucune piste ?

— Non, vraiment, je suis désolé de vous décevoir. Je peux vous faire transmettre les messages de haine que nous recevons tous les jours sur les réseaux sociaux, mais vous risquez de gaspiller votre temps à chasser des trolls et des robots. Quant aux courriers postaux, il nous arrive de recevoir des médailles religieuses et des invitations à expier nos péchés… Mais bon, franchement, rien de particulier.

— Ce qui interroge, c'est que cette attaque intervienne maintenant…

— Oui. Je ne serais pas étonné plus que cela que d'autres cibles traditionnelles subissent le même sort : les journaux de gauche – *Charlie Hebdo*, en particulier –, les sièges des syndicats, les associations de défense des droits de l'Homme. »

Revenue au siège de la DGSI, Nina rédigea une note synthétisant plusieurs pistes et évoquant la possibilité de nouvelles attaques. Le soir même, le préfet de police releva le niveau du plan Vigipirate et fit renforcer par des gardes statiques la protection policière autour d'une dizaine de lieux considérés comme sensibles. Par précaution, il fit également annuler tous les congés des unités d'élite.

Lui aussi sentait un vent mauvais se diriger sur Paris.

The Wire

Paris, quais de Seine
25 juillet, 9 heures

Le diplomate américain recontacta Nina Meriem. Il souhaitait lui transmettre quelques informations de la part des services, en particulier ceux de la NSA dont les grandes oreilles traînent partout sur le continent européen grâce à des logiciels à la technologie poussée. Ils se donnèrent rendez-vous sur les bords de Seine, à proximité de l'Hôtel de Ville et de l'île de la Cité. Il était tôt, les bouquinistes déballaient à peine leurs caisses.

« Nous n'avons rien trouvé de particulier concernant "Martel 732".

— J'en suis la première désolée…

— En revanche, ça s'agite beaucoup dans votre armée. Les dernières annonces de votre Premier ministre ont-elles généré du stress ?

— C'est-à-dire ?

— Plusieurs officiers français en poste à l'OTAN et à l'étranger ont apparemment été contactés pour des discussions qui nous semblent un peu mystérieuses.

— Mais encore ?

— Eh bien, justement, c'est cela qui nous inquiète. Prendre de telles précautions pour organiser des parties de pêche et des barbecues n'a aucun sens. On voit que les communications se multiplient sans raison apparente, en été, entre officiers généraux. Vous trouverez dans ce document quelques noms ou pseudos que nous avons repérés. Les ramifications de la droite la plus radicale de notre pays vont très loin. Les extrémistes n'hésitent pas à s'échauffer entre eux et à partager des conseils pour se procurer des armes ou de l'argent…

— OK, je prends. Merci. On va regarder du côté de l'ultradroite française, j'ai déjà une petite liste à croiser avec la vôtre… »

De retour dans son service, dans l'une des deux barres d'immeubles de la DSGI à Levallois-Perret, Nina formalisa une demande d'information à l'attention du ministère des Armées. Sa liste comportait une cinquantaine de noms. Sa directrice générale la valida avec pour seul commentaire un mot : Urgent !

Dark Web

HONFLEUR
25 JUILLET

Chaque été, Joh emmenait son vieux père quelques jours à Honfleur, pensant que l'air marin lui ferait le plus grand bien. Hélas, l'air iodé ne faisait disparaître ni la méchanceté, ni l'accumulation d'aigreurs. Au bout d'une journée, il n'en pouvait généralement plus, et excédé par tant d'ingratitude, il s'octroyait une nuit complète aux tables de poker du casino de Deauville. Cette année, par une conscience professionnelle dont il fut le premier surpris, il ouvrit son ordinateur et se connecta.

Joh avait réussi à pénétrer un forum de néonazis en se faisant passer pour l'un d'entre eux. Il avait dû inventer mille ruses, réviser les symboles païens et hitlériens pour gagner la confiance de ses interlocuteurs. Au bout de trois mois de contacts quotidiens, il était enfin parvenu à capter un fil de discussion intéressant. Comme l'ensemble des participants, il reçut une vidéo intitulée *Il faut nettoyer cet État*. Un individu en uniforme kaki, au visage flouté et à la voix modifiée, vociférait un message explicite :

« Préparez-vous mes frères ! L'heure est bientôt venue. Vous comprendrez l'appel. Allons à la curée. Taillons. Assommons gaiement et libérons ce pays une bonne fois pour toutes de la racaille ! Jetons en prison les traîtres, pendons les ministres ! »

Vingt-quatre heures plus tard, il reçut un deuxième message :

« Il est important de faire passer à tous nos amis le message de multiplier les actions, de harceler les troupes d'occupation. Allons à l'assaut, n'hésitons pas attaquer systématiquement les lieux et monuments dont la présence insulte l'identité catholique de la France. Bravo à ceux qui ont déjà tout compris de cette initiative. Il va falloir aller se battre. Pied à pied. Corps à corps. Au couteau s'il le faut. Et il n'y aura pas de quartier, pas de prisonnier. Il faut repousser ces barbares à la mer. Les refouler définitivement. »

Joh identifia également des messages portant à mots couverts sur un trafic d'armes en provenance de la Slovaquie, d'où il était apparemment possible de faire venir des fusils censés être neutralisés mais qu'un bon expert pouvait rendre à nouveau opérationnels. Il passa un coup de fil à son boss, qui lui-même alerta son contact au ministère de l'Intérieur, la capitaine Nina Meriem de la DGSI.

Les éléments de la menace prenaient corps.

Le presque coup d'État du 13 mai 1958

Paris, place de l'Esprit-des-Lois
26 juillet

Sarah Effenberg avait donné rendez-vous à ses étudiants en face de l'Assemblée nationale, sur la petite place qu'occupaient à moitié les tables de la brasserie hors de prix située à quelques mètres. Les élèves se groupèrent spontanément en arc de cercle, et elle commença son intervention sans élever la voix.

« Aujourd'hui, j'ai choisi de vous faire sortir de l'amphithéâtre et de vous emmener sur le terrain. Comme vous le constatez, nous ne sommes pas allés très loin, puisque nous sommes devant l'Assemblée nationale. Je vous ai réunis ici pour profiter un peu du soleil et vous faire visiter le quartier, mais aussi pour évoquer avec vous un événement qui provoque encore bien des débats dans notre vie politique, à savoir les circonstances de l'arrivée au pouvoir du général de Gaulle, en 1958. D'abord, il faut rappeler un point de contexte décisif : la guerre de décolonisation sévit au même moment en Algérie. Bien que qualifiée d'*événements* par les autorités de l'époque, il s'agit bel et bien d'une guerre. Apprenant l'investiture comme chef du gouvernement du maire de Strasbourg, le très modéré Pflimlin, et l'ouverture de discussions sur l'avenir de l'Algérie, les chefs de l'armée française mettent en place à Alger un Comité de salut public se substituant aux autorités civiles. Cette opération, intitulée Résurrection, organisée par les réseaux gaullistes, vise à exercer une pression maximale sur le pouvoir politique pour contraindre au retour du général de Gaulle, dont les putschistes pensent qu'il n'accordera jamais l'indépendance à l'Algérie – ils furent en cela bien déçus.

— La Ve République est donc le fruit d'un coup d'État ? osa un élève.

— Mon sentiment est qu'il y a eu un "quasi" coup d'État en 1958. Il est clair que l'armée française a outrepassé son rôle en prenant possession du pouvoir à Alger, aux dépens des autorités civiles. Il est également probable que la deuxième phase de l'Opération Résurrection, qui consistait à débarquer en métropole et à Paris pour placer de Gaulle au pouvoir, répond à la définition la plus stricte du coup d'État. Mais, et c'est important, la force fut inutile au changement de régime, car le général de Gaulle réussit à s'imposer politiquement. Il fut investi tout à fait régulièrement par l'Assemblée nationale, ouvrant par la suite la voie à une révision constitutionnelle.

— C'est ce qui explique le caractère peu démocratique de la Ve République, selon vous ?

— Je pense que cette ambiguïté initiale irrigue toujours la vie politique française. Puisque l'Histoire légitime le fait de renverser un régime perçu comme inadapté, la tentation du coup de force persiste. En cela, le coup d'État n'a pas disparu de notre histoire, il reste une référence, une possibilité, une voie toujours ouverte pour les aventuriers de la politique et les militaires en mal d'action. »

DRSD

MALAKOFF, FORT DE VANVES
27 JUILLET

Nina Meriem, faute de réponses de la direction du renseignement et de la sécurité de la Défense (DRSD) à ses multiples demandes, se rendit au fort de Vanves, au sud de Paris, où était localisée cette unité. Elle se planta à l'accueil et exigea de rencontrer le commandant responsable de la sûreté, c'est-à-dire l'homme en charge de surveiller les brebis galeuses au sein même de l'institution militaire. Elle attendit, son badge de police à la main, bien en vue, et son arme de service à la ceinture. Le personnel d'accueil devenait fou et les gendarmes postés à l'entrée commençaient à montrer des signes évidents de nervosité.

« J'attends, j'attends ! cria bien fort la capitaine. Ça fait une semaine que j'attends. Mais maintenant ma patience est à bout. Je ne sortirai pas d'ici sans avoir rencontré le directeur de la DRSD ou son représentant !

— Vous ne pouvez pas rester ici, madame…

— Capitaine Meriem ! Merci de ne pas escamoter mon grade.

— Ça ne va pas être possible… Je suis désolé…

— Non seulement je vous assure que ça va être possible, mais ça va l'être maintenant !

— Vous n'êtes pas habilitée à pénétrer dans les bâtiments.

— Et ça, c'est quoi ? Un chiffon de papier ? Une blague Carambar ? » explosa-t-elle en collant sans ménagement son badge de police de la DGSI au nez du pauvre agent d'accueil.

Un officier finit par se présenter, passablement énervé d'avoir été dérangé dans ses occupations.

« C'est quoi ces histoires ? demanda-t-il avec colère et une pointe de mépris. Vous avez fait une demande officielle ?

— La voilà ! répondit Nina Meriem en tendant un mail imprimé.

— Et on vous a répondu ?

— Absolument pas. Et si ça continue comme ça, j'en réfère à ma directrice, qui doit se rendre ce soir à une réunion importante à l'Élysée où elle sera navrée d'informer les huiles du pays que l'armée française s'est claquemurée dans un silence suspect… »

La menace produisit son petit effet. L'officier sortit son portable et s'éloigna pour passer quelques coups de fil. Il revint en grognant.

« Ma hiérarchie me demande de vous installer quelque part », indiqua-t-il sobrement.

Elle fut conduite dans une salle proche de l'accueil, puis on lui apporta enfin les dossiers qu'elle avait réclamés.

Verbo

MALAKOFF, FORT DE VANVES
28 JUILLET

La capitaine Nina Meriem passa la nuit à compiler les dossiers mis à sa disposition par le ministère de la Défense. Évidemment, la direction de la Sûreté ne lui avait pas mâché le travail. Pour ne pas être accusés d'un défaut de coopération, les militaires avaient choisi de l'assommer sous la paperasse. Classique. Des dizaines de cartons furent acheminés dans une pièce sans fenêtre éclairée de néons blancs, dans laquelle régnait un froid polaire – l'effet d'une climatisation poussée à fond. Également classique. Elle signa un récépissé pour la forme, dans lequel elle s'engageait à ne pas divulguer de documents sans l'autorisation expresse des autorités militaires… *Les promesses n'engagent que ceux qui les écoutent*, se dit-elle.

Contrairement à beaucoup de ses collègues policiers, elle ne craignait aucunement les documents administratifs. Bien au contraire, son compagnon l'avait convertie à l'amour des vieux livres et des archives de l'État… Elle était même allée jusqu'à entreprendre de tracer l'arbre généalogique de sa famille, dont les ramifications remontaient de la Kabylie jusqu'aux marranes portugais du xviie siècle. Elle établit donc un premier inventaire. Comme elle s'en doutait, beaucoup de papiers étaient sans aucun intérêt : fiches de paie, documents administratifs de changements de grade militaire, ordres d'affectation… Il s'agissait de trouver une aiguille dans une botte de foin, ou une pépite d'or dans la jungle guyanaise, mais sans utiliser de mercure.

Elle enregistra mentalement une dizaine de noms d'officiers et de sous-officiers qui, dans la période récente, s'étaient illustrés dans des manifestations d'extrême droite ou avaient appartenu à des groupuscules nazis. Certains étaient encore dans l'armée, d'autres l'avait quittée, de gré ou de force. Elle nota aussi ceux qui avaient été impliqués dans des violences physiques, considérant que le passage à l'acte devait être un critère judicieux pour isoler ceux qu'elle pistait. L'exercice de mémoire ne l'effrayait pas, mais l'orthographe un peu complexe des noms des soldats originaires de l'Europe de l'Est ou de l'Asie centrale lui imposait quand même un petit effort de concentration.

Ce premier travail effectué, elle se plongea dans les quelques notes d'analyse thématique qui figuraient dans les cartons, et plus particulièrement dans les annexes et les notes de bas de page. Tous ceux qui ont eu un jour à rédiger des notes un peu sensibles à l'attention des autorités politiques savent que les informations les plus intéressantes se nichent toujours dans les parties présentées comme les plus « techniques » des documents officiels. Un nom de code, apparu deux fois de manière anodine, attira son attention : Verbo. Mais ses propres recherches ne la menèrent pas très loin. Le coup de fil à un ami s'imposait. Elle se dit que la professeure Sarah Effenberg pourrait être la personne idoine.

Après six heures passées dans cette pièce inconfortable, elle considéra son objectif comme atteint. Elle ne tomberait pas dans le piège de l'enlisement dans les archives et de l'épuisement psychologique. Elle fit appeler le planton de garde et sortit.

Conseil supérieur de l'audiovisuel

PARIS, TOUR MIRABEAU, XVe ARRONDISSEMENT
28 JUILLET

Le Conseil supérieur de l'audiovisuel (CSA), autorité administrative indépendante chargée de la régulation des médias français tout juste officiellement rebaptisée Autorité de régulation de la communication audiovisuelle et numérique, est installé dans l'une des tours hideuses du XVe arrondissement. Posée sur les bords de la Seine, quai André-Citroën, face à la Maison de la Radio, la tour Mirabeau ne présente vraiment aucun charme. À tel point que le ministère du Travail y a logé ses services et proposé des locaux aux syndicats. C'est dire.

En ce matin d'été, les abords de la tour Mirabeau étaient encore plus désertiques qu'à l'accoutumée. Rien ne rompait le calme des lieux si ce n'était une éphémère distribution de tracts syndicaux. Quelques rares joggeurs en tenues fluorescentes passaient à petites foulées pour rejoindre les quais de Seine ou se diriger vers l'île aux Cygnes située à proximité.

La berline qui déboula en trombe n'effraya donc pas grand monde. Quatre hommes cagoulés vêtus de treillis en sortirent en courant et s'engouffrèrent dans le hall d'accueil, où ils s'en prirent brutalement à un agent préposé à la sécurité, avachi sur son siège en plastique délavé. En quelques claques et vociférations, ils lui firent ouvrir les portiques de sécurité, puis ils montèrent avec lui en silence au dernier étage de la tour par l'ascenseur. Ils passèrent les portes verrouillées du CSA avec son badge puis l'un des hommes le tint en joue pendant que les autres pénétraient dans les locaux. Aucun des trois cents agents n'était évidemment présent un dimanche, ce qui ne surprit nullement les assaillants. Ils mirent méthodiquement à sac les bureaux, cassant le mobilier et renversant les armoires pleines de dossiers. Ils s'acharnèrent dans le bureau du président du CSA rempli de nombreux bibelots, décorations et autres médailles. Puis ils sortirent de leurs sacs à dos plusieurs banderoles qu'ils scotchèrent aux parois vitrées afin qu'elles soient bien visibles de l'extérieur. Avec un large ruban adhésif ordinaire, ils parvinrent en quelques minutes à assembler un message en grandes majuscules : MARTEL 732.

Les quatre hommes se firent ensuite ouvrir le *rooftop* de l'immeuble, où les employés avaient l'habitude de griller des cigarettes au mépris des consignes officielles et des règles de sécurité. Le plus grand des hommes décrocha de sa ceinture trois grenades fumigènes qu'il dégoupilla. L'une bleue, la deuxième blanche, la troisième rouge. Tournant le dos à la tour Eiffel qui trônait en arrière-plan, trois des quatre hommes prirent la pose avec leurs armes tandis que le quatrième filmait la scène à l'aide de son smartphone.

« L'élection présidentielle a été volée avec la complicité des médias et du CSA. Nous sommes venus châtier les traîtres et les lâches qui prétendent gouverner ce pays. Rendez le pouvoir au peuple ! »

La petite équipe redescendit vivement au rez-de-chaussée par l'escalier de secours tout en menaçant le vigile, qui se promit de changer de métier s'il s'en sortait vivant. Sur le parvis de la tour, ils libérèrent leur prisonnier d'un coup violent sur la nuque, puis montèrent dans une camionnette blanche qui les attendait. À l'intérieur, Gustav exulta. Il venait enfin de prendre sa revanche sur des années d'humiliation et de frustration. Torse nu, une bière à la main, à l'arrière du fourgon, il entonna un chant guerrier dont aucun de ses comparses ne comprit les paroles. Ils comprirent en revanche sans aucune difficulté la référence tatouée dans le haut de son dos : 732.

Quelques minutes plus tard, le compte Twitter nouvellement créé « Martel732 » diffusait une vidéo de la scène qui fut reprise par tous les médias. Le CSA attaqué, Les médias ciblés, La liberté d'expression en danger, les bandeaux défilaient sur les chaînes de télévision. Le président du CSA, rapidement informé, fit part depuis son lieu de vacances de son émotion, de sa tristesse, mais aussi de sa détermination à poursuivre sa mission. Ce commentaire fut toutefois bien moins repris que les images spectaculaires de l'attaque, qui donnaient l'impression de sortir d'un film d'action hollywoodien.

*

Informée des faits, la présidente de la République appela, passablement énervée, le Premier ministre Flavio Lumaya pour demander une enquête rapide, considérant que cette affaire commençait à s'éterniser et que le gouvernement était tourné en ridicule. Le préfet de police Richard Langlais eut droit lui aussi à une volée de bois vert, qu'il encaissa stoïquement. La ministre de l'Intérieur, quant à elle, passa ses nerfs sur la directrice générale de la sécurité intérieure à laquelle elle demanda des résultats sous trois jours. Virginie Trinh Duc, plus calme mais mesurant le niveau d'exaspération des autorités politiques, somma la capitaine Meriem de lui rendre sous vingt-quatre heures un rapport d'étape sur ce groupe « Martel732 » qui faisait désormais beaucoup trop parler dc lui.

Chili 1973, l'autre 11 septembre

Paris, Sciences Po
28 juillet

Pour réveiller ses élèves, Sarah Effenberg choisit la provocation :

« Ça vous dit quelque chose, le 11 septembre ?

— Euh… oui, l'attaque des Twin Towers en 2001… tenta un élève américain qui sentit aussitôt venir un piège.

— Oui. Mais vingt-huit ans plus tôt ? En 1973 ? Personne ? Eh bien, le 11 septembre est aussi, mais en 1973, le coup d'État de Pinochet au Chili. Un événement très important, d'abord par la personnalité de l'homme renversé, Salvador Allende, qui avait mené à la victoire, en 1970, un rassemblement de forces de gauche, mais aussi en raison de ses conséquences. »

Elle enchaîna :

« L'origine du coup d'État résulte de la conjonction de plusieurs facteurs. D'abord, nous sommes en pleine guerre froide, et il y a une volonté américaine, en particulier de la part du chef de la diplomatie US Henry Kissinger, de ne pas laisser s'installer le socialisme dans un pays réputé allié des

États-Unis. Ensuite, il faut citer le refus des grandes entreprises chiliennes ou américaines de se laisser nationaliser sans réagir. Le coup d'État du 11 septembre 1973 est l'exemple-type du coup d'État militaire réalisé avec efficacité. En une journée, les putschistes parvinrent à renverser le pouvoir en place et à terroriser toute forme d'opposition. Le soulèvement commença par celui de la marine dans le port de Valparaíso, à une cinquantaine de kilomètres de la capitale. Dans la matinée, la plupart des villes passèrent sous le contrôle des militaires. Le président Allende arriva à sept heures du matin au palais présidentiel, d'où il fit évacuer toute sa famille, ne gardant avec lui qu'une quarantaine de personnes, sa garde rapprochée et quelques militants, auxquels il fit distribuer des fusils. À huit heures trente, le palais fut bouclé par les militaires, et un ultimatum lancé au chef de l'État, lui enjoignant de se rendre avant onze heures, ce qu'il refusa de faire. À onze heures, des échanges de tirs nourris eurent lieu entre les assaillants et la petite troupe des défenseurs du palais présidentiel. À midi, des avions de chasse larguèrent des roquettes sur le palais, provoquant un incendie et une épaisse fumée noire, puis des véhicules blindés tirèrent des obus contre le bâtiment. L'assaut final fut donné dans l'après-midi. Encerclé, épuisé, le dernier carré des fidèles se rendit. Salvador Allende, quant à lui, sera retrouvé mort dans les décombres. Il est probable qu'il se soit suicidé avec la mitraillette offerte par Fidel Castro quelques semaines auparavant. Dans la soirée du 11 septembre, les putschistes apparaissent pour la première fois à la télévision. Assis à une table, le général Pinochet en grand uniforme, cape grise et lunettes noires, est entouré de plusieurs officiers généraux. La scène est lugubre. En une seule journée, Pinochet pose les bases d'un régime autoritaire qui va durer dix-sept ans. Une légitimité politique fondée sur la force armée, la répression policière systématique des opposants, l'abolition des libertés fondamentales… Principale conclusion à retenir ce soir : dans un contexte de crise, il faut toujours se méfier des déclarations de loyauté de la part de militaires ambitieux. Pinochet était considéré comme le militaire le plus fidèle au gouvernement… avant de trahir. »

La professeure avait achevé son cours. Un peu émue. Ce n'était pas son genre, mais les images d'Allende, un casque sur la tête au milieu des décombres, lui rappelaient quelques villes détruites par les guerres civiles qu'elle avait visitées dans sa jeunesse : Beyrouth, Sarajevo… À Paris, l'atmosphère devenait de plus en plus lourde. Le coup d'éclat du commando Martel 732 au CSA laissait penser que d'autres cibles suivraient. Sciences Po pourrait être visé, voire occupé… Elle fut tirée de ses pensées par un appel de la capitaine Meriem qui sollicitait son aide de manière urgente.

Verbo (suite)

Paris, Café de Flore
28 juillet

La professeure Sarah Effenberg retrouva la capitaine Meriem à la sortie du campus de Sciences Po, boulevard Saint-Germain. Elles marchèrent tranquillement le long du boulevard, peu fréquenté à cette période de l'année. Elles jetèrent leur dévolu sur le Café de Flore pour poursuivre leur conversation. Devant deux cafés hors de prix que ne justifiait pas le peu de soleil en terrasse, Sarah Effenberg commença :

« Bon, j'ai effectué quelques recherches à la suite de votre appel… Ce n'était pas facile, mais vous avez eu beaucoup de chance dans votre plongée dans les dossiers du ministère de la Défense !

— Ça tombe bien, j'en ai besoin.

— J'imagine. En travaillant sur le cours consacré au coup d'État de 1973 au Chili, je suis tombée sur des références historiques intéressantes.

— Lesquelles ?

— *Verbo* est le titre d'une revue obscure créée par des militaires argentins avec le soutien d'intégristes catholiques pour propager des idées réactionnaires. Parmi les rédacteurs de cet opuscule, on trouve un prêtre français, le père Georges Grasset. Celui-ci appartenait à une confrérie discrète répondant au nom de – pardon, je regarde mes notes –: "Cité catholique pour la promotion de la royauté sociale de Notre-Seigneur Jésus-Christ", fondée en 1946 à Paris, à la basilique du Sacré-Cœur de Montmartre. Cette confrérie s'était fixé pour mission de combattre le communisme et la Révolution française, considérés comme à l'origine de tous les maux. Parmi ses fondateurs, on trouve un certain Jean Ousset, sous-officier d'extrême droite, ancien combattant devenu pétainiste et qui échappa à l'épuration. Par son intermédiaire, des cellules discrètes furent mises en place, mais aussi une revue austère et confidentielle fut éditée, *Le Verbe*, qui inspirera la création de son homologue *Verbo* en Argentine.

— D'accord, et qu'est-ce qu'on trouve dans cette revue ?

— Ni poésie ni discours humaniste. *Le Verbe* et *Verbo* publient en France et en Argentine des articles, assez mal écrits d'ailleurs, justifiant l'emploi de la torture contre tous ceux qui s'opposent à l'ordre naturel voulu par Dieu, qu'ils soient communistes, socialistes, homosexuels, juifs, francs-maçons ou tout simplement démocrates…

— Tout un programme.

— Ces contre-révolutionnaires organisaient aussi, plus concrètement, des réseaux de soutien à l'OAS. Plusieurs officiers français qui refusaient l'indépendance de l'Algérie et les instructions du général de Gaulle ont été exfiltrés par ces réseaux dans les années 1961-1962. Ils ont par la suite coulé des jours tranquilles en Amérique du Sud.

— Et ces réseaux sont tombés en désuétude, j'imagine. C'était il y a soixante ans tout de même.

— Pas totalement. *Verbo* existe toujours sous la forme d'un périodique en Argentine. D'après l'exemplaire que j'ai pu consulter, sa rédaction semble encore organiser des "retraites spirituelles dans les casernes pour combattre les menaces subversives contre l'Occident". Je ne sais pas si ça peut vous aider, mais il y a une proximité sémantique entre les publications de ce réseau et les messages du groupuscule Martel 732…

— C'est très précieux. Un immense merci ! »

Nina se leva d'un coup, et sans réfléchir embrassa la professeure Effenberg, qu'une vieille tradition familiale ashkénaze alsacienne n'avait pas habituée à tant d'effusion.

Grand remplacement

Fontenay-sous-Bois, OFPRA
29 juillet

En pleine nuit, deux hommes tournaient autour des bâtiments de l'Office français de protection des réfugiés et des apatrides (OFPRA), l'organisme chargé d'instruire les demandes d'asile des étrangers en France. Situé à Fontenay-sous-Bois dans la grande banlieue parisienne, le bâtiment administratif ne se distingue ni par son originalité architecturale ni par sa chaleur humaine, en dépit des fresques peintes sur les murs par un artiste graffeur professionnel à la demande du précédent directeur de l'institution, un diplomate humaniste aux idées originales. On n'arrive pas par hasard à l'OFPRA. Bien avant l'ouverture des bureaux, les étrangers s'agglutinent devant la porte d'entrée, stressés par des entretiens supposés évaluer la crédibilité de leur « récit de vie » et, par suite, le bien-fondé de leur demande. Mais rien ne justifiait, à quatre heures et demie du matin, la présence de ces deux hommes vêtus de noir, masqués et portant sur la tête une large casquette cachant leur visage. Ils tentaient d'accrocher aux vitres extérieures de l'établissement des mottes de plastic avec du gros ruban adhésif. Leur habileté semblait limitée puisque les charges explosives ne cessaient de dégringoler en raison du froid inattendu, des bourrasques et d'une pluie torrentielle.

*

Mourad pris son service à cinq heures et quart. Son responsable lui avait confié la conduite du premier bus de la ligne 118, Rosny-sous-Bois-Van Derheyden. La ligne était plutôt calme, sans difficultés majeures ni travaux de contournement. Il avala un café brûlant, fit le tour de son bus, vérifia les feux de signalisation, le bon fonctionnement des portes et des boutons de demande d'arrêt, puis s'installa au volant. Les passagers étaient rares sur le trajet à cette heure. Il avait l'habitude d'accueillir dans son bus des voyageurs de toutes origines. Toujours sans problème. Beaucoup descendaient à Fontenay-sous-Bois devant l'OFPRA, serrant avec nervosité qui un dossier cartonné, qui une pochette plastifiée contenant de précieux sésames administratifs. Juste après l'arrêt, il remarqua cependant un étonnant manège. Deux hommes en noir sautillaient pour essayer d'accrocher aux vitres un objet impossible à reconnaître à distance. Le binôme semblait s'invectiver, sans qu'il puisse de si loin comprendre la nature de l'altercation. Il allait passer à autre chose et se concentrer sur la suite du trajet lorsqu'il repéra aux pieds des deux hommes deux gros sacs qui semblaient contenir du matériel électronique… ainsi qu'une crosse de fusil qui dépassait.

La patronne de la RATP avait demandé la veille à ce qu'on diffuse de nouvelles consignes de sécurité et de vigilance à la suite d'une note de la préfecture de police. Mourad appela donc son centre de régulation pour signaler une présence anormale au niveau du 201 de la rue Carnot. Par hasard, une voiture de la brigade anticriminalité de nuit du Val-de-Marne tournait à proximité et arriva peu après. Lorsque l'équipage s'approcha du bâtiment, les deux hommes en noir détalèrent, abandonnant sur place leur équipement. Les trois policiers n'engagèrent pas la poursuite. Leur état-major leur demanda de rester sur zone pour établir un périmètre de sécurité autour des deux sacs abandonnés. Vingt minutes plus tard, une équipe cynophile confirma la présence d'explosifs, que les démineurs n'eurent aucun mal à neutraliser, le dispositif de mise à feu n'ayant pas été enclenché. L'arsenal récupéré aurait causé un carnage s'il avait été déclenché à l'ouverture des bureaux.

Dans la boîte à lettres de l'OFPRA, qui passa elle aussi au déminage, les services trouvèrent une brève revendication :

Nous exigeons la démission de la présidente illégitime et la convocation des électeurs pour un nouveau scrutin présidentiel. Faute de quoi, la violence répondra à votre mépris. Martel 732.

Prévenu sur-le-champ, le préfet de police Richard Langlais s'activa à Paris. Il multiplia les coups de fil aux journalistes spécialisés et réussit à obtenir que l'événement ne soit pas médiatisé, expliquant la présence sur place de démineurs, de chiens, de policiers et de pompiers par l'organisation d'un exercice d'évacuation inopiné que confirma par communiqué de presse la préfecture de Créteil.

L'analyse du matériel utilisé révéla qu'il s'agissait d'explosifs vendus sur le *Dark Web* par des réseaux mafieux opérant dans toute l'Europe de l'Est. On ne trouva aucune empreinte, aucune trace d'ADN, preuve qu'il s'agissait de professionnels aguerris à l'art de la dissimulation.

Under pressure

LEVALLOIS-PERRET, DGSI
29 JUILLET

La contribution de la professeure Effenberg avait été précieuse, se dit Nina Meriem. En exhumant le réseau Verbo, elle donnait un sens à d'obscures mentions dans les dossiers administratifs de certains militaires considérés comme à risque. Les fiches de renseignement consultées au ministère des Armées laissaient entendre à mots couverts que les réseaux dormants des années 1960 avaient pu être réactivés dans la galaxie des catholiques intégristes français. Elle tenait enfin quelque chose de tangible.

Nina, mise sous pression par sa hiérarchie, avait quand même obtenu des renforts en contrepartie d'une obligation de résultats. Elle envoya plusieurs de ses collègues enquêter secrètement du côté des lieux de culte connus pour être fréquentés par les milieux intégristes. Elle demanda plus particulièrement à ses équipes de guetter la présence de documents ou de tracts à connotation politique.

Ses collègues écumèrent, à Paris, à Lyon et à Marseille, des dizaines d'églises catholiques ou orthodoxes, de temples protestants et même, sait-on jamais, plusieurs mosquées. Nina amassa les rapports, les photos, les comptes rendus et les notes d'analyse. Elle s'enferma toute la nuit avant de repérer un nom : on lui rapportait l'existence, à l'entrée de la basilique du Sacré-Cœur à Montmartre, d'affiches antigouvernementales et d'appels à manifester. Un mail figurait au bas des feuillets : verbo732@gmail.com. « Verbo » et « 732 », ce ne pouvait pas être une simple coïncidence, les pistes se croisaient enfin !

Ignorant sa fatigue et sa nervosité, Nina se rendit sur place et passa un long moment à regarder aussi discrètement que possible les actualités de la paroisse, qui comportaient de nombreuses photos. Un panneau l'intrigua notamment : il s'agissait du compte rendu d'un pèlerinage en Argentine et au Chili, Sur les traces des martyrs et des défenseurs de la foi et des vraies valeurs. Elle captura sur son téléphone l'image de tous les visages qui s'y trouvaient et fila.

De retour à son bureau, elle fit un rapport complet à sa hiérarchie, détaillant les liens entre les réseaux franco-argentins des années 1960 et leur possible régénération sous la forme d'une nouvelle entité, Martel 732, dont les membres restaient à identifier.

Une heure plus tard, la directrice générale de la sécurité intérieure transmit cette note au général Etchégarray avec un bref commentaire : La menace se précise.

Thomas Jefferson

Paris, musée d'Orsay
29 juillet

Nina avait décidé pour la deuxième fois de la semaine d'utiliser son joker. Elle retrouva le diplomate américain devant le musée d'Orsay, sur l'esplanade peuplée de statues animalières, en face du musée de la Légion d'honneur que le gouvernement comptait transformer en musée d'Histoire de la décolonisation. Le diplomate arriva du côté du Louvre, à pied, par le pont des Arts. Il s'arrêta quelques instants devant la statue de bronze de Thomas Jefferson en redingote et perruque, tenant à la main le plan de sa résidence de Virginie.

Le diplomate ne passait pas inaperçu au milieu des touristes dans son costume d'été en lin beige et ses mocassins marron. Il apostropha Nina :

« *What a great president, Thomas Jefferson!* Un ami des Lumières et de la France. Peut-être le plus francophile de nos politiciens…

— Justement, j'ai encore besoin de vous, un peu en urgence…

— La Fayette, nous voilà ! s'exclama dans un geste théâtral le diplomate, mimant un soldat US débarquant en France en 1917.

— Je savais que je pouvais compter sur vous. Voilà des photos de visages d'hommes dont je me dis qu'ils pourraient être impliqués, directement ou indirectement, dans nos affaires de groupuscules. Comme vous le savez, un attentat a été déjoué ce matin en banlieue parisienne dans une administration chargée d'étudier les demandes d'asile.

— *Okay, I get it. You need the US big brother to find them.* Et c'est urgent, j'imagine, vu le contexte…

— Oui. Il s'agit d'une requête tout à fait officieuse… et qui n'a jamais existé. Mais je sais que vos logiciels de reconnaissance faciale sont plus développés que les nôtres.

— *Of course.* Je vais voir ce que je peux faire avec les *guys* à Washington. Bonne soirée, capitaine. »

*

En retraversant la Seine par la passerelle des Arts pour regagner l'ambassade, le diplomate américain ne fit pas attention à un jeune couple qui s'embrassait au milieu du pont. Pierre-André de Saint-Sernin avait lâché ses collègues du cabinet du Premier ministre et séché une réunion technique pour une balade avec Anna K. Il lui répétait qu'il était fou d'elle. Qu'il allait quitter le domicile conjugal pour vivre avec elle. La jeune femme ne répondit à ses déclarations enflammées que par des sourires mystérieux et des étreintes prolongées.

« C'est compliqué… » lui souffla-t-elle simplement à l'oreille.

Back in the U.S.S.R.

Paris, Sciences Po
30 juillet

Pour son avant-dernier cours, Sarah Effenberg choisit d'évoquer l'effondrement de l'URSS en 1991.

« Un mot du contexte pour vous rappeler que le mur de Berlin tombe en 1989 et que l'URSS se désagrège rapidement, pour ne laisser subsister qu'une Fédération de la Russie. Mikhaïl Gorbatchev, secrétaire général du parti communiste d'URSS en poste depuis 1985, ne pensait sûrement pas que les initiatives réformatrices qu'il avait engagées aboutiraient à un démantèlement presque complet de l'empire soviétique. En plein mois d'août 1991, les tenants d'une ligne dure et conservatrice tentent un *putsch* qui entre dans l'Histoire sous le nom de "*Putsch* de Moscou". Gorbatchev, alors en congés, séjourne tranquillement dans une station balnéaire sur les bords de la mer Noire quand il apprend qu'un comité composé de huit membres, dont son Premier ministre, son ministre de la Défense et le directeur du KGB, s'érige en nouvel exécutif de l'URSS. Plusieurs éléments vont faire rapidement échouer le coup d'État. Tout d'abord, il y a le refus des forces spéciales russes d'obéir aux ordres des putschistes et de prendre d'assaut le Parlement, la Douma, que présidait le réformateur Boris Eltsine. Les divergences au sein des forces armées et de la police entraînent confusion et zizanie. Personne ne désobéit, mais personne n'obéit non plus. L'inertie des unités combattantes est souvent une donnée déterminante dans les coups d'État. Faute de pouvoir compter sur la puissante Armée rouge et sur le KGB, les nouveaux maîtres du Kremlin ne parviennent pas à imposer leur autorité. Mais surtout, ce sont les images de Boris Eltsine debout sur un véhicule blindé qui sont décisives. Le 21 août 1991, les troupes envoyées sur Moscou se rangent du côté des manifestants et font défection, actant l'échec du coup d'État. Gorbatchev revient de Crimée, escorté par une armée de gardes du corps, mais désormais tout lui échappe. C'est Boris Eltsine qui est maintenant à l'initiative et qui se servira de cet événement pour prendre le pouvoir. La gratitude est une des vertus humaines les moins répandues. Elle embarrasse rarement les ambitieux… Il est à noter que selon un dissident russe, Mikhaïl Gorbatchev aurait été informé de l'imminence d'un coup d'État, voire en aurait été l'instiga teur dans l'espoir de consolider son pouvoir. Rien ne permet d'accréditer cette thèse, mais elle aura au moins eu le mérite de permettre à feu Gérard de Villiers d'écrire un épisode de *SAS*, sa fameuse série de romans d'espionnage ponctués de scènes érotiques qui fait partie intégrante du patrimoine littéraire français – je le dis sans aucune ironie pour nos amis étudiants étrangers. En tout état de cause, le *putsch* de Moscou, en révélant aux yeux du grand public la fragilité du pouvoir en place au Kremlin, aboutit à la dislocation accélérée de l'URSS, qui disparaît à la fin de l'année 1991. La chute de l'Empire soviétique sans bain de sang, trois morts tout au plus, constitue l'une des surprises de l'Histoire. La morale du jour, chers étudiants, est que seul l'imprévu reste prévisible. »

Troisième partie
Exécution

« Il y avait le serment, il y a le parjure ; il y avait le drapeau, il y a le haillon ; il y avait l'armée, il y a une bande ; il y avait la justice, il y a la forfaiture ; il y avait le code, il y a le sabre ; il y avait un gouvernement, il y a une escroquerie ; il y avait la France, il y a une caverne. »

Victor Hugo, *Histoire d'un crime*, 1877

Les vacances des politiques

Le Figaro
1er août

Après le dernier Conseil des ministres tenu ce jour, l'ensemble du gouvernement part en vacances. Espérons que la période estivale permettra aux ministres de recouvrer un peu de bon sens et de discernement.

S'agissant des lieux de destination, la gauche, comme toujours, se veut proche du peuple. Le service de presse de l'Élysée s'est borné à indiquer que la présidente de la République séjournerait dans sa circonscription de Carmaux, dans le Tarn, avant de rejoindre le fort de Brégançon.

Après un séjour à la Réunion pour quelques jours en famille, le Premier ministre a annoncé lui-même qu'il se rendrait – sans autre indication – dans les Pyrénées-Atlantiques et dans les Hautes-Pyrénées. Parions qu'il ne s'affichera probablement ni à Biarritz ni à Lourdes.

La ministre de l'Intérieur a fait répondre aux journalistes que la continuité de l'État lui imposait de ne prendre aucun congé et qu'elle se ménagerait quelques heures de lecture de romans policiers à son domicile. Des vacances de rêve...

Du côté de l'opposition, la présidente du Sénat est annoncée en Bretagne puis en Vendée, pour un hommage à Georges Clemenceau. Un retour aux sources des vraies valeurs françaises.

Guillaume de Mirepoix referma son journal. Il ricana intérieurement à l'idée que le gouvernement allait bénéficier de vacances mémorables.

Contre l'ubérisation du monde

Les Échos, éditorial
2 août

Entre en vigueur en ce 1er août la loi visant à lutter contre la sous-traitance abusive adoptée en toute hâte par la nouvelle majorité présidentielle au cours du mois de juillet dernier. Ce texte vise très clairement les plates-formes de chauffeurs privés, mais aussi les entreprises de livraison de restauration à domicile. Ces plates-formes seront désormais obligées de salarier les livreurs ou les chauffeurs, qui ne pourront plus être considérés comme des prestataires de service autonomes. Plusieurs compagnies américaines ont déjà annoncé qu'elles allaient mettre à exécution leur menace de quitter la France, où elles considèrent ne plus pouvoir opérer correctement.

Le Premier ministre a dénoncé, dans une réponse à une interpellation à l'Assemblée nationale, un « chantage à l'emploi inacceptable » et refusé ce qu'il a qualifié de « loi du marché, c'est-à-dire de la loi du plus fort ». Il a également rappelé que la loi adoptée s'inscrivait dans le prolongement de plusieurs décisions judiciaires et d'une initiative de la Commission européenne.

Que vont devenir les vingt-huit mille chauffeurs qui utilisent une plate-forme américaine bien connue ? Que vont devenir les centaines de livreurs à vélo qui attendent les commandes avec leurs gros casiers verts sur le dos ? Les premières réactions sont très partagées. Hier, un premier cortège d'une vingtaine de chauffeurs VTC organisait une opération escargot dans les rues de la capitale. S'agissant des livreurs à vélo, on a assisté à des scènes assez choquantes de jeunes hommes s'enchaînant aux grilles du ministère du Travail, obligeant les autorités publiques à utiliser d'immenses pinces métalliques pour les déloger.

Que conclure de ces événements ? À vouloir aller vite, le gouvernement a bâclé une réforme très attendue. Fidèle à sa tradition, la France opte donc à nouveau pour la conflictualité là où une négociation aurait pu aboutir à un compromis. En attendant, un mécontentement général gagne les habitants des métropoles qui avaient appris à apprécier ces services nouveaux dont ils sont désormais privés.

Pierre-André de Saint-Sernin finit la lecture de cet éditorial en avalant un café serré à la terrasse ombragée du Basilic, ce restaurant chic entre Matignon et l'Assemblée nationale où il avait ses habitudes. Il se désolait de ne pas avoir de nouvelles d'Anna K. Ses derniers messages restaient sans réponse.

Il retrouva des raisons d'espérer lorsque la jeune femme lui répondit finalement qu'elle serait enchantée de le revoir ce week-end. Heureuse coïncidence, il assurait la permanence du cabinet du Premier ministre à Matignon…

En première ligne

PARIS, AVENUE DE FRANCE
3 AOÛT

Un étrange manège s'était répété dans les rues parisiennes cet été-là. On pouvait y voir un homme élancé d'allure juvénile, en jean et T-shirt, aborder un à un les balayeurs de la capitale en habit vert et gilet jaune. Avec leurs grands balais en plastique vert fluo, les gaillards étaient surpris d'être approchés par un interlocuteur aussi avenant. La discussion tournait autour de leurs conditions de travail – difficiles –, de leur régime horaire – baroque –, de leur impossibilité de progresser dans une carrière, mais surtout de leur rémunération – qu'ils trouvaient trop faible. À chaque fin de conversation, Monsieur Alexis – puisque c'était lui – glissait dans la poche de son interlocuteur un rouleau de billets. Pendant plusieurs jours, des dizaines d'agents de voirie furent sollicités. Il alla également discuter avec les équipages des camions-poubelles sur leur temps de pause. Juchés sur le marchepied à l'arrière des véhicules, poussant de lourdes poubelles, actionnant une broyeuse bruyante et aux alarmes stridentes, les ripeurs, dont le manque de considération par la société était flagrant, n'eurent aucune difficulté à accepter la proposition qui leur était faite.

Le déclenchement du mouvement fut l'improbable agression d'un éboueur lors d'une tournée matinale par un homme au visage masqué. Si l'agression physique ne mit pas en danger l'agent public, ce dernier subit en revanche de nombreuses insultes à caractère raciste. Le lendemain, un camion-poubelle reçut, pendant sa tournée matinale dans le XIIe arrondissement, des jets de bouteilles en verre qui firent voler en éclats le pare-brise du véhicule. Devant ces actes d'une incivilité insupportable, les éboueurs parisiens laissèrent jaillir leur colère et décidèrent de se mettre en grève pour une durée indéterminée. Ils commencèrent par se réunir sur l'avenue de France, cette grande artère de l'Est parisien qui accueille une partie de l'administration municipale. Là, ils rassemblèrent des tonnes de prospectus de la Ville de Paris destinés à être recyclés qu'ils brûlèrent sur place, occasionnant une fumée noire aussi épaisse que nauséabonde. Deux camions stationnés volontairement au milieu de l'artère bloquèrent tout passage.

Devant les télévisions arrivées rapidement sur les lieux, les manifestants exposaient souffrir d'un manque d'attention, d'une absence de reconnaissance, alors qu'ils avaient été – eux – en première ligne pendant les périodes de confinement imposées par la crise sanitaire des années 2020 et 2021. Héros hier, déchets aujourd'hui ? pouvait-on lire sur des pancartes.

« On se sent comme des esclaves, des sous-hommes, maltraités et discriminés », répondit un des meneurs du mouvement aux journalistes.

Le rassemblement, au départ bon enfant, finit par dégénérer lorsque les renforts policiers cherchèrent à déloger les manifestants, ce qu'ils réussirent à faire avec l'aide de véhicules béliers. Un colosse que personne n'avait jamais vu auparavant mit le feu à des pneus au milieu de cette avenue habituellement très calme. Engoncé dans une tenue de balayeur un peu trop courte pour lui qui laissait entrevoir de nombreux tatouages ésotériques, l'homme au physique massif adressa une série d'insultes aux policiers avant de lancer sur eux quelques canettes de bière. Au bout de quelques minutes, la tension était telle qu'un début de bagarre éclata, avant que chaque camp ne recule. Gustav profita de la confusion générée par l'altercation pour s'éclipser… et abandonner l'uniforme d'éboueur qu'il avait subtilisé.

Selon les syndicats de police, trois blessés furent recensés au cours de cette intervention. Le mouvement social se poursuivit les jours suivants. Avec seulement vingt pour cent de grévistes, la moitié du ramassage des déchets était empêchée dans la capitale. Rapidement, les ordures s'entassèrent, les rues devinrent de plus en plus sales, les rats couraient entre les détritus qui, envahissant les trottoirs, donnaient des haut-le-cœur aux passants.

Pendant ce temps, les négociations restaient au point mort, les représentants syndicaux ne souhaitant visiblement proposer aucune piste de sortie de crise à ce conflit inopiné. Le niveau d'exaspération des Parisiens, déjà élevé, monta, monta, monta… Les uns accusant la Ville de Paris d'incompétence ; les autres taxant les syndicats d'irresponsabilité ; les derniers pointant du doigt un climat délétère généré par la faiblesse du gouvernement, incapable de résoudre le moindre problème.

De tout cela, Monsieur Alexis se félicitait.

Conclusions provisoires

Paris, Sciences Po
4 août

Pour son tout dernier cours, Sarah Effenberg avait opté pour un panorama très large de coups d'État récents, passant de la Turquie au Mali, sans oublier l'Amérique latine. Preuve que le sujet restait d'une étonnante actualité.

Elle se résolut à conclure: « À l'issue de cette dizaine de cours, et après de nombreuses heures de réflexion, j'hésite à vous livrer toute forme de conclusion générale. Comme nous l'avons vu, chaque coup d'État est singulier et répond à un contexte politique, économique et militaire très particulier. Plusieurs théoriciens militaires ont cherché à fonder en quelque sorte une science du coup d'État, et son corollaire, la science de l'anti-coup d'État. J'imagine que dans certaines écoles de guerre on cherche encore à identifier des schémas communs entre les différents événements que nous avons étudiés ensemble. Je n'aurai pas cette prétention. Tout au plus puis-je vous inviter à la vigilance citoyenne et démocratique. Sur ce, je vous souhaite une excellente fin d'été. Merci et à bientôt. »

La professeure replia ses notes sous une salve d'applaudissements nourris qui se prolongea plus longtemps qu'elle ne l'aurait imaginé. Plusieurs étudiants s'approchèrent pour la remercier personnellement pour cette formation dont, comme certains l'avouèrent franchement, ils n'attendaient initialement pas grand-chose.

Nina Meriem, dont les cernes noirs trahissaient l'état de fatigue avancé, lui fit de loin un petit signe de la main qui pouvait signifier tout aussi bien « au revoir » qu'« à bientôt » ou même « adieu ».

Richard Langlais

PARIS, PRÉFECTURE DE POLICE, ÎLE DE LA CITÉ
13 AOÛT

De son bureau de l'île de la Cité, Richard Langlais exerçait son autorité sur plusieurs milliers de policiers, du superflic commissaire jusqu'au modeste gardien de la paix. Sa peau cuivrée et une pointe d'accent trahissaient ses origines antillaises. Mince, sec, les cheveux poivre et sel bouclés, il portait de fines lunettes qui lui donnaient un vague air d'Aimé Césaire. La comparaison ne lui aurait sans doute pas déplu. Énarque, il avait rejoint le corps préfectoral par conviction. Il avait accédé au grade de préfet par un concours de circonstances, presque sans l'avoir recherché, un poste s'étant libéré au moment même où ses amis politiques pouvaient légitimement réclamer un poste pour l'un des leurs. Les affectations territoriales et les déménagements s'étaient enchaînés, au grand désespoir de sa famille… La préfecture de police ne l'avait jamais fait rêver. Il détestait la violence, ne lisait jamais de polars et s'endormait devant les séries policières. Contrairement à son prédécesseur, il n'avait aucune fascination pour la chose policière et se refusait systématiquement à couvrir les débordements – pour ne pas dire les bavures – de ses subordonnés. Sa première décision avait été, en accord avec la ministre de l'Intérieur, de dissoudre l'unité de voltigeurs à moto qui pétaradait régulièrement dans les rues de Paris. Exigeant mais juste, il était apprécié pour sa rigueur morale et son absence totale de démagogie. Aux discours martiaux et aux coups de menton, il préférait l'éloquence d'un silence et la chaleur d'un regard. À quelques années de la retraite, il ne devait plus rien à personne. Il cultivait dans le même esprit une grande liberté de ton à l'égard des puissants, chose suffisamment rare dans la haute fonction publique pour être relevée. La presse, de gauche comme de droite, aimait à le qualifier de « grand professionnel ».

Les petits matins de Richard Langlais obéissaient à un rituel très codifié : lever à six heures, étirements puis course à pied de six heures quinze à sept heures, gymnastique jusqu'à sept heures et quart, avant un petit déjeuner à base de fruits, de graines et de thé vert. À sept heures quarante-cinq, il recevait son directeur de cabinet pour un premier compte rendu. La nuit parisienne était rarement paisible et comportait généralement un lot d'atrocités et de tensions qui nécessitait le plus grand calme. Il avait proscrit le café et l'alcool de son régime alimentaire. Gérer les emmerdes d'hier, limiter celles du jour et anticiper celles à venir constituait finalement un bon résumé de ce travail harassant qui mobilisait toute son attention.

Ce matin-là, il reçut sur sa messagerie cryptée un message de sa collègue directrice générale de la sécurité intérieure. Un bref frisson parcourut son corps à la lecture de ces quelques mots : Opération Vermine lancée.

Désinformation

Paris, hôtel Matignon
14 août, soirée

Pierre-André de Saint-Sernin était de permanence en cette veille d'Assomption. La tradition voulait que tous les jours, et surtout toutes les nuits, un membre du cabinet du Premier ministre soit consigné dans un appartement niché en plein Matignon afin de pouvoir réagir dès que possible en cas de problème.

À dix-huit heures, le jeune conseiller fut averti par le service de vigilance et de protection contre les ingérences numériques étrangères d'une probable offensive de désinformation massive. Plusieurs dizaines de comptes Twitter rapportaient de façon étrangement coordonnée que la présidente de la République avait été victime d'un malaise et qu'une équipe médicale d'urgence avait été expédiée au fort de Brégançon. D'autres allaient même jusqu'à évoquer un coma profond. Très rapidement, ces pseudo-informations se propagèrent sur la Toile.

À vingt heures, sous la pression, la présidence de la République fit paraître un premier communiqué de presse démentant formellement tout malaise. Une photo de la

Présidente attablée au soleil devait convaincre les sceptiques. Hélas, la photo en question aggrava la polémique. Des experts autoproclamés en *deep fake* et autres techniques de manipulation d'images se livrèrent à de savantes considérations sur l'orientation des ombres, le sens du vent, la couleur des plantes, pour en conclure qu'il s'agissait possiblement d'un photomontage.

Plus tard dans la soirée, les chaînes de télévision en continu, à bout, diffusèrent une émission spéciale intitulée *Santé de la Présidente : que cache-t-on aux Français ?*

Un peu avant minuit, un logiciel malveillant particulièrement vicieux fut déclenché d'un ordinateur à Singapour puis relayé par des centaines de comptes. À deux heures du matin, la quasi-totalité des téléphones ministériels étaient rendus inutilisables. Ceux qui aperçurent sur leur lieu de vacances l'attribuèrent aux irréductibles zones blanches dont la province était victime. De son appartement de permanence, Pierre-André n'arrivait pas à joindre grand monde. Seul le ministère de l'Intérieur répondait encore… pour constater qu'on ne savait pas grand-chose Place Beauvau.

Tenue au courant, la ministre de l'Intérieur programma une réunion en urgence pour le lendemain matin à sept heures. Clairement, il s'agissait d'une offensive visant à porter atteinte aux intérêts fondamentaux de la nation par la diffusion d'informations trompeuses. Quel en était l'objectif final, là était toute la question.

Après une courte nuit occupée à rédiger des synthèses et à tenter de rassembler des informations en vue de la réunion ministérielle à venir, Pierre-André reçut une nouvelle série de coups de fil depuis le standard téléphonique de Matignon. Trois alertes à la bombe avaient été déclenchées dans trois stations de métro stratégiques : Châtelet, Nation, Auber. De quoi bloquer des millions de travailleurs et de touristes en cette saison estivale… *Ma chance a définitivement foutu le camp*, se dit le jeune conseiller.

En fin de matinée, on lui annonça des heurts entre différents groupes de supporteurs du PSG venus assister à une rencontre amicale contre le modeste du club du Mans, pour des motifs encore inconnus. À midi, une patrouille de la BAC[1] en civil informait sa hiérarchie d'un feu de grande ampleur dans un camp de migrants, obligeant ces damnés de la terre à s'enfuir par centaines vers le centre de la capitale, créant un vent de panique Gare du Nord.

Pierre-André n'en pouvait plus de cette permanence interminable. Seule le consolait l'idée de l'arrivée imminente de sa maîtresse. Anna K. était censée le rejoindre en fin d'après-midi pour profiter des jardins de Matignon et d'un dîner en toute intimité aux frais de la République. À dix-huit heures trente, la belle attachée parlementaire sonna à l'annexe de Matignon, où se situait l'appartement de permanence. Le gendarme qui gardait la porte d'entrée, pourtant prévenu d'une visite, eut bien du mal à masquer son trouble devant cette très belle femme en robe légère généreusement décolletée qu'il accompagna dans les couloirs désertés. Officiellement, il s'agissait de faire un point sur les dossiers d'exportation d'armes qui intéressaient le sénateur pour lequel elle travaillait. Mais personne n'était dupe du caractère galant du rendez-vous.

*

1. Brigade anticriminalité.

Au même moment, sur l'île de la Cité, le préfet Richard Langlais descendit de ses appartements pour rejoindre la salle opérationnelle de la préfecture de police. Trop d'événements en série pour une veille de 15 août. Absolument imperturbable, il observait du coin de l'œil, avec le calme des vieilles troupes, le commencement d'un désordre dont lui seul semblait comprendre la logique.

Conseil constitutionnel

Paris, palais de Montpensier
15 août, 18 h 45

Une Kangoo de la marque Renault avançait tranquillement dans les rues du Ier arrondissement de Paris. Elle remonta la rue de Rivoli, traversa plusieurs carrefours, puis vint se garer devant le palais de Montpensier, à proximité immédiate de la Comédie-Française et du Palais-Royal. Un gros autocollant Opération Sentinelle figurait à l'avant et à l'arrière de la fourgonnette, et lui permettait paradoxalement de passer inaperçue, les Parisiens étant lassés depuis longtemps des mesures du plan Vigipirate.

Quatre hommes en treillis sortirent du véhicule avec chacun un fusil-mitrailleur dans les mains et un gros sac à dos noir sur les épaules. Ils sonnèrent une fois, deux fois, trois fois, à la porte du Conseil constitutionnel. Faute de réponse, les quatre hommes brisèrent les vitres à coups de crosse. Une alarme retentit dans le bâtiment. Ils montèrent le grand escalier de marbre habillé d'une moquette épaisse et décoré de statues antiques représentant le droit et la justice. Ils fracassèrent les massives portes d'entrée au premier étage, puis firent le tour des bureaux. Personne. Pas un vigile, pas un seul employé. Ils commencèrent à déballer leurs affaires dans la grande salle du Conseil, après avoir pris le temps de décrocher puis de briser le portrait de Simone Veil, visiblement coupable de beaucoup de choses à leurs yeux. Ils sortirent de leurs sacs à dos des explosifs et des grenades qu'ils disposèrent autour de toutes les fenêtres de ce bâtiment du XVIe siècle ayant été, un temps, demeure royale.

Une sirène retentit à l'extérieur. Des policiers se présentèrent à l'accueil, prévenus par des commerçants du voisinage. Les quatre hommes furent un peu surpris de la vitesse à laquelle les gardiens de la paix étaient arrivés sur les lieux.

Du premier étage, sans une seconde d'hésitation, ils firent feu sur les policiers, qui se mirent à couvert derrière les imposantes colonnes de style antique. Les balles ricochaient comme des puces. Les pistolets de service des policiers ne pouvaient guère rivaliser avec des armes lourdes, aussi essayèrent-ils surtout de sauver leur peau et d'appeler des renforts. Par chance, les coups de feu avaient été entendus au ministère de la Culture, situé à l'autre extrémité de la cour du Palais-Royal. Le personnel du ministère fut rapidement évacué, sur les instructions de la ministre qui, exceptionnellement, était présente dans les lieux et avait convié des amis pour un apéritif dînatoire dans les salons de réception.

À l'étage du palais Montpensier, les quatre hommes avaient achevé leur mission en un temps record : des mottes de plastic rose reliées entre elles étaient collées sur presque tous les murs. Ils sortirent par les balcons surplombant les colonnes de Buren, qui d'en haut prenaient la forme de bitoniaux zébrés incongrus, se déplaçant rapidement sur les toits. Deux cents mètres plus loin, ils s'arrêtèrent et sortirent d'un sac un petit boîtier sur lequel le plus costaud des quatre appuya. Quatre charges explosives synchronisées provoquèrent une explosion qui souffla toutes les fenêtres du Conseil constitutionnel, réduisant à néant ce temple du droit et des libertés fondamentales.

*

Le petit commando traversa la rue, un passage couvert situé en face d'un grand théâtre parisien, puis fut pris en charge par deux véhicules qui stationnaient rue de l'Opéra et où les quatre hommes furent accueillis par des cris de joie… L'attaque du Conseil constitutionnel avait réussi au-delà de leurs espérances. Mais à peine avaient-ils eu le temps de se congratuler qu'une sirène de police résonna. Ils démarrèrent en trombe dans la grande artère parisienne face au palais Garnier. Les voitures de police se rapprochaient. Toutes les forces de sécurité se concentraient maintenant dans le centre de Paris, attirées par les deux automobiles qui fonçaient vers le nord de la ville. Slalomant entre les véhicules, les piétons et les cyclistes, ils prirent plusieurs rues à contresens, usant d'un puissant klaxon et d'insultes pour faire dégager la rue des Martyrs qu'ils remontèrent à vive allure. Les occupants de la deuxième voiture sortirent leurs armes et firent feu sur leurs poursuivants. Au niveau de la butte Montmartre, le premier véhicule s'arrêta. Les insurgés en sortirent et lâchèrent dessus une grenade qui le fit exploser, bloquant les policiers. Les hommes en noir s'enfuirent en courant, vite rejoints par ceux du deuxième véhicule.

Arrivés devant la basilique, ils tirèrent trois fois et hurlèrent à toutes les personnes présentes d'évacuer les lieux. Ils poussèrent sans ménagement les touristes et les ecclésiastiques qui se recueillaient dans les différentes chapelles. Une fois le sanctuaire vide, ils bloquèrent les accès avec les bancs de bois. Barricadés dans l'église, embusqués dans les étages, les hommes en noir firent feu sur tous ceux qui tentaient de s'approcher. L'esplanade et les escaliers qui plongeaient vers Paris n'avaient jamais aussi été déserts en plein été. Un silence tendu s'installa jusqu'à ce que des dizaines de véhicules de police bloquent les voies d'accès, délimitant un périmètre de sécurité conséquent autour du bâtiment. L'un des hommes hurla à travers les vitraux blessés :

« Venez, lâches, mécréants ! Les croisés de la vraie France ne craignent rien ! Dieu est avec nous ! »

Jurançon

GAN, CHÂTEAU MONT JOLY
15 AOÛT, 19 HEURES

Le Premier ministre avait choisi comme lieu de villégiature pour le week-end du 15 août un château caché dans les vignes de Jurançon tenu par des amis anglais. La bâtisse datait des années 1820, époque où les armées britanniques revenues d'Espagne occupaient la Gascogne. Les officiers de Sa Majesté avaient trouvé le coin plein de charme, avec vue sur les Pyrénées, et s'y étaient installés avec tout le luxe digne de l'Empire britannique. Parcs, terrasses, écuries, vignes, golf… Le château parfaitement rénové permettait de loger le groupe de sécurité du Premier ministre – GSPM – dans les dépendances, et la sécurisation des routes qui traversaient les coteaux était aisée. Le voisinage était assez éloigné, ce qui garantissait la confidentialité des vacances des hautes autorités. Les clients étaient triés sur le volet : ambassadeurs étrangers, préfets fatigués, traders en phase de détoxication, écrivains parisiens à la recherche de leurs racines ou en mal d'inspiration s'y succédaient.

Un paparazzo pouvait toujours « planquer » du haut des terrasses voisines, mais ce n'était pas très grave. Au pire, il volerait quelques moments d'intimité qui finiraient dans *Paris Match*. Des clichés du Premier ministre souriant au petit déjeuner ou marchant main dans la main dans les vignes avec son compagnon ne pouvaient avoir qu'un effet positif sur sa cote de popularité. Ils avaient fait doucement l'amour dans la grande chambre bourgeoise baignée d'une faible lumière. Le corps de son partenaire était toujours aussi musclé, tendu, éveillé par le désir matinal. Œnologue de profession, c'était lui qui avait insisté pour séjourner au Mont Joly. Un livre à achever sur les vins blancs liquoreux, avait-il précisé… Flavio y avait vu un excellent choix en matière de communication politique. Il y avait un côté populaire et terroir à passer le 15 août dans la campagne béarnaise. Beaucoup moins *bling bling* que Biarritz, la Corse ou la Côte d'Azur, évidemment. Et puis ce petit séjour lui donnait un bon prétexte pour aller flatter sur ses terres un allié centriste qui s'était construit une réputation de faiseur de rois à l'occasion des trois dernières élections présidentielles. Ce vieux renard était toujours sensible à ce genre de visite officielle. C'est donc très détendu que le Premier ministre attaquait en guise d'apéritif la dégustation de vendanges tardives et de foie gras. Même son smartphone ne sonnait pas. Même le chien s'était arrêté d'aboyer.

Alors qu'il profitait pleinement de ce rare moment de détente, une explosion déchira le ciel. Puis une deuxième. Des rafales de pistolet automatique balayèrent la terrasse sur laquelle le Premier ministre se prélassait. Flavio Lumaya vit avec horreur le corps de son compagnon tomber en arrière, la tête touchée par un projectile. Instinctivement, il se tourna vers son officier de sécurité qui gisait lui aussi à terre, son costume sombre laissant apparaître une tâche rouge qui grandissait au milieu de sa chemise blanche cintrée. Lentement, tandis que les tirs s'espaçaient puis semblaient s'arrêter, Flavio se redressa. Sans réfléchir, il se mit à courir en direction des vignes qui descendaient en pente douce vers la vallée. Des coups de feu claquèrent dans sa direction. Il se plaqua au sol, terrifié. Les cailloux et les ronces lui déchiraient la peau des jambes. Le souffle court, il avança, rampant pour fuir les coups de tonnerre qui reprenaient autour de la paisible demeure anglaise. À quatre pattes, il entreprit de dévaler la colline. Les pieds de vigne pas encore taillés en cette saison lui masquaient la vue, mais constituaient aussi la seule infime protection sur laquelle il pouvait encore compter.

Il entendit une balle siffler à proximité de ses oreilles, puis un ordre qui ne souffrait aucune contestation :

« Stop ! Ou je tire ! »

Flavio se releva très lentement. Il déplia prudemment son corps écorché par la course. En face de lui, un colosse vêtu de noir, une cagoule sur le visage, le tenait en joue avec un fusil à pompe. Envahi par la peur, Flavio se rappela malgré tout qu'il était le Premier ministre et qu'il se devait de faire bonne figure, de montrer un peu de constance et de dignité. Alors qu'il commençait à recouvrer peu à peu ses esprits, il sentit un impact au niveau de la nuque. Un coup sec, net, dur, qui lui fit perdre connaissance.

La France n'est pas la Turquie

BORMES-LES-MIMOSAS, FORT DE BRÉGANÇON
15 AOÛT, 19 HEURES

Le 15 août avait été une journée particulièrement calme pour la présidente de la République, qui profitait des charmes du fort de Brégançon. Située à proximité de Toulon, la résidence d'été des présidents est perchée sur un piton rocheux d'une trentaine de mètres d'altitude. Aménagé en résidence confortable par Georges Pompidou puis par Valéry Giscard d'Estaing, le fort de Brégançon est un passage obligé dans l'été présidentiel. Au milieu des pins, entourée de la mer Méditerranée, la Présidente n'avait reçu à son petit bureau que quelques coups de téléphone de la part d'amis ou d'ambassadeurs étrangers sur une ligne sécurisée.

Alors qu'elle s'apprêtait à plonger dans les premières lignes d'un roman, elle fut dérangée par son chef de cabinet, un jeune préfet toujours soucieux, toujours précautionneux, donc toujours indispensable.

Il lui annonça qu'un détachement de trois véhicules blindés s'était présenté à l'autre extrémité de la petite digue permettant d'accéder au fort, mais que ce renfort n'avait été aucunement sollicité. Pour autant, les trois véhicules refusaient de bouger, affirmant avoir reçu des instructions précises pour assurer la protection de la cheffe de l'État, qui devait absolument rester dans ses appartements en raison d'une menace dont ils ne pouvaient dévoiler la nature. Le ton monta assez vite.

« Mais qu'est-ce que c'est que cette histoire ?

— J'ai contacté les autorités militaires du département, personne n'est au courant…

— Mais ils ont bien une chaîne de commandement !

— Oui, mais personne ne sait exactement à qui ils obéissent…

— Autrement dit, on veut m'enfermer dans ma résidence d'été ?

— J'en ai l'impression…

— Scandaleux ! Inadmissible ! Jamais ne n'accepterai d'être prisonnière dans mon propre pays. Ils me prennent pour Mikhaïl Gorbatchev ou quoi ? Ils pensent que je vais tranquillement me laisser déposséder du pouvoir ? explosa de colère la présidente de la République.

— En accord avec le chef du GSPR, je vous propose une exfiltration par la mer, par sécurité. Ça peut aller très vite et rester très discret. On ne sait pas ce qui peut arriver. Rappelez-vous qu'en 2016, si le président turc Erdoğan n'avait pas évacué sa résidence en catastrophe, quinze minutes plus tard, il serait mort sous les tirs de roquette d'hélicoptères de sa propre armée…

— Non, mais vous êtes dingue ! J'ai été élue il y a quatre mois et je devrais prendre la poudre d'escampette devant des apprentis putschistes ? Hors de question. La France n'est pas la Turquie ! »

La Présidente fit quelques pas sur la terrasse et entraperçut les trois véhicules de l'autre côté de la petite digue.

La Présidente avait tiré les leçons de ses premiers mois de pouvoir. Elle hésita à joindre directement le général Etchégarray, en qui elle avait confiance, avant de se raviser. À trop respecter les consignes de sécurité, ses gardes du corps l'avait coupée des Français. Elle était apparue distante et hautaine, alors qu'elle avait fondé tout son parcours politique sur le dialogue et la proximité.

Les choses étaient claires. Il fallait aller au-delà des dangers, bousculer le protocole, monter personnellement en première ligne. Évidemment, toute la presse guettait ses allées et venues. Les médias ne manqueraient pas de souligner son acte de courage. Une Présidente qui fait face. Une femme débout qui met au pas l'armée… Les images étaient trop belles. Trop tentantes.

Alors, elle descendit l'escalier, passa le seuil de la porte gardée par des policiers déjà ultratendus et avança vers les soldats. Un groupe de gardes du corps en costume sombre et lunettes de soleil la rattrapa à petites foulées.

« Non, Madame, n'y allez pas ! lui intima l'un de ses anges gardiens.

— Trop tard. Ils me tueront peut-être, mais ils ne m'enfermeront pas. »

Elle avança d'un pas rapide vers les véhicules dont les occupants sortirent et se mirent en position de faire feu.

« Restez où vous êtes ! entendit-elle.

— Je suis chez moi partout en France. Tirez si vous n'êtes pas d'accord, ou alors laissez-moi gouverner. »

Un jeune soldat braqua son fusil sur la Présidente d'un air menaçant. Les membres du GSPR, tous des gendarmes et des policiers soigneusement sélectionnés, dégainèrent leurs armes de poing. Le bouclier en kevlar fut déplié d'un coup sec.

Alors qu'elle était à moins de dix mètres des blindés, la Présidente chercha à avancer encore un peu pour poursuivre le timide dialogue qui s'amorçait. Tout à coup, un bruit sourd venu de derrière les véhicules déchira le calme.

Des tirs fusèrent de part et d'autre. Les gardes du corps se jetèrent sur la Présidente pour la protéger, tout en ripostant. Les soldats ripostèrent… à la riposte. Chacun chercha à se mettre à l'abri quand on entendit des cris.

« On a tiré sur la Présidente ! On a tiré sur la Présidente !

— Merde, merde, merde !

— On l'exfiltre, on l'exfiltre !

— Est-ce que quelqu'un a vu le tireur ?

— Arrière ! On recule, on recule ! »

Dans le chaos le plus total, la Présidente fut littéralement portée par sa garde rapprochée sur les quelques mètres qui les séparaient de la porte d'entrée. Le médecin personnel de la présidence de la République, toujours présent lors des voyages officiels ou officieux, se précipita sur elle pour l'ausculter. La Présidente était évanouie. Une tache sombre rougissait sa robe blanche. Le médecin ouvrit à toute vitesse l'épaisse mallette qui ne le quittait jamais. Il fit à la Présidente plusieurs piqûres. Il se retourna vers le chef de cabinet en état de choc.

« Protocole d'évacuation d'urgence ! Vite. Elle perd trop de sang. »

Coup de force

PARIS, HÔTEL MATIGNON
15 AOÛT, 19 HEURES

« Allez, on y va ! »

Tous les hommes se mirent en route, remplissant de troupes deux minibus loués par un certain Monsieur Alexis, guidés par un véhicule pourvu de fausses plaques d'immatriculation, d'émetteurs à basse fréquence et de transmetteurs radio. Ils s'arrêtèrent rue d'Olivet, devant un lycée privé dont l'un des employés avait réservé les places de stationnement.

Quatre hommes en descendirent, larges bérets noirs sur la tête. Ils formèrent une patrouille pédestre qui remonta tranquillement la rue Vaneau, prenant même le temps d'adresser un petit signe de salutation aux policiers en faction à l'intersection de la rue de Babylone. Les hommes en uniformes de parachutistes étaient lourdement équipés de fusils-mitrailleurs, de grenades et d'armes de poing. Ils croisèrent des personnes âgées qui allaient faire leurs courses, des cyclistes pressés, des employées de maison poussant des octogénaires en fauteuil roulant, des bonnes sœurs retournant dans leur couvent et des adolescentes court vêtues se dirigeant vers le Bon Marché.

Au milieu de la rue, ils s'arrêtèrent devant une porte bleue massive surmontée de caméras vidéo. Ils sonnèrent. Ils entendirent tirer un solide verrou. Un gendarme ventripotent, fatigué par sa journée et qui regrettait sûrement sa Bretagne natale à l'heure de l'apéritif, entrebâilla la porte retenue par une chaîne.

« Bonjour.

— Bonjour, on est en patrouille pour la mission Sentinelle dans le quartier, mais on a un gars de chez nous qui se sent très mal, là. Avec la chaleur, j'ai peur qu'il nous fasse un malaise. Je ne sais pas trop ce qu'il a mangé – ou bu – hier soir. On nous a dit qu'on pouvait utiliser vos toilettes.

— Euh… non… Normalement ce n'est pas possible… Je vais voir… »

Le pandore dévisagca l'un des hommes en uniforme qui semblait se tordre de douleur et laissait échapper de petits grognements.

« Bon, OK, je vous ouvre », finit-il par concéder.

À peine eût il retiré la chaîne qui bloquait l'ouverture complète de la porte qu'il reçut un violent coup de crosse sur la nuque qui le fit tomber à la renverse. Les hommes en vert prirent possession du petit sas d'entrée qui donnait sur Matignon par l'une des entrées latérales de l'immense jardin.

« Phase 1 réussie », indiquèrent-ils par talkie-walkie.

Aussitôt, les deux minibus stationnés devant le lycée privé cinq cents mètres plus bas dans la rue Vaneau firent mouvement. Ils ouvrirent leurs portes une fois arrivés devant l'entrée désormais contrôlée par quatre soldats en vert et repartirent tout de suite après avoir déposé leurs occupants.

Une vingtaine d'hommes s'engouffrèrent dans le bâtiment. Un premier groupe se dirigea droit vers les jardins, dont ils semblaient connaître parfaitement les agencements. L'homme situé en tête de colonne inséra un badge dans un petit boîtier jouxtant une porte grillée, et tapa un code à quatre chiffres. Ils passèrent dans un espace de verdure ombragé puis se déployèrent en étoile, couvrant leurs arrières.

Un deuxième groupe de trois hommes monta à l'étage par un petit escalier de marbre, dans les locaux qui surplombaient la porte donnant sur la rue. Ils entrèrent dans les bureaux en hurlant : « À terre, à terre ! » aux rares occupants. Dans l'appartement de permanence, un jeune conseiller conversait autour d'un Coca Zero avec une sublime jeune femme en robe d'été blanche. La vie n'est qu'une suite de coïncidences heureuses ou d'enchaînements malencontreux. La probabilité que Pierre-André de Saint-Sernin fût de permanence ce jour-là était infime. Celle qu'il fût justement en compagnie de sa maîtresse, plus encore. Que celle-ci ne semblât pas plus terrorisée que cela posait question, en revanche.

« L'héroïsme qui n'est que l'imitation de l'héroïsme ne mène à rien », a écrit André Malraux. Dommage pour Saint-Sernin qu'il n'ait pas retenu cette phrase de *L'Espoir*. Il tenta, dans un geste qui se voulait plein de panache, de barrer la route aux assaillants. L'homme en tête du commando ne fut pas sensible à cette interposition aussi maladroite qu'impuissante. Il tira deux fois. La première balle toucha l'épaule du conseiller ministériel, la seconde sa cuisse. Il s'écroula de douleur. Devant l'absence de dangerosité du technocrate, ils le laissèrent agoniser sur place, allongé dans une mare de sang de plus en plus importante. À l'étage travaillait une secrétaire de permanence qui, terrifiée, se mit à sangloter en implorant le bon Dieu. Pierre-André, Anna K. et la secrétaire furent enfermés dans le même bureau. Une pièce magnifique aux peintures murales du XVIIIe siècle qui vantaient les bonheurs simples du travail des champs.

Le premier groupe, en avançant à pas saccadés, l'arme à la main, avait effrayé le personnel de service en pantalon noir et veste blanche qui assurait l'intendance de l'équipe de conseillers. Les cris provoqués par la vue des armes intriguèrent les gardes républicains, qui déboulèrent à toute vitesse. Des coups de feu furent échangés, donnant le signal d'une alarme très claire et d'une invitation à quitter les lieux dans la panique et l'affolement. Les soldats en vert, bien décidés à progresser, firent feu sur toutes les cibles humaines. Un maître d'hôtel, pilier de l'institution, s'écroula alors qu'il portait dans les mains deux bouteilles de chasse-spleen. Un garde républicain en tenue d'apparat, pantalon bleu, veste noire, cordons dorés et ganté de blanc, eut à peine le temps de transmettre l'alerte à son commandant grâce à son micro oreillette. Il ne s'agissait pas d'une énième tentative d'intrusion de la part de manifestants mécontents, mais bien d'une attaque en règle. Un véritable assaut armé.

Les gendarmes qui en temps normal filtraient les entrées et les sorties bloquèrent les portes d'accès et se barricadèrent dans leurs guérites pendant que le personnel de service s'enfuyait de tous les côtés.

Six hommes pénétrèrent dans l'édifice central, cheminant d'une pièce à l'autre en effectuant des tirs sporadiques. Une grenade fumigène jetée dans la cour d'honneur leur permit de masquer leur progression et ils parvinrent à gravir sans encombres le grand escalier qui menait aux appartements du Premier ministre. Pour prévenir un acte téméraire tout autant que pour semer la panique, ils continuaient à tirer de temps à autre au milieu des couloirs. Les balles faisaient tinter les lustres avant de se nicher dans les épaisses tapisseries des Gobelins accrochées aux murs des salles de réunion.

En quelques minutes, ils parvinrent à accéder au bureau du Premier ministre. Le soleil baignait la pièce d'une lumière orangée. Ils vérifièrent que les bureaux adjacents étaient vides de tout occupant malintentionné, puis ils furent rejoints par un septième homme qui, pistolet au poing, renversa tout ce qui se trouvait là avec une ivresse jubilatoire : portrait officiel, parapheurs, livres, lampes… Il s'assit sur le fauteuil du Premier ministre. Déplia calmement une feuille de papier pendant qu'un des soldats saisissait une caméra miniature. Il s'éclaircit la voix, vérifia sa coiffure d'un geste de la main, ajusta l'emplacement de ses médailles sur son veston et prit une grande inspiration.

« Français, Françaises,

« En dépit des multiples avertissements, le pouvoir est resté sourd aux aspirations des honnêtes citoyens que nous représentons. Nous, militaires, combattants de la France éternelle, nous ne pouvions plus cautionner par notre silence et notre inaction l'entreprise de démantèlement systématique de notre grand et beau pays. Nous ne pouvions plus laisser opérer sans rien dire le grand remplacement des Français et des Européens de souche par des hordes de barbares venus d'Afrique ou d'Arabie. La gauche a abandonné le pouvoir aux idéologues les plus militants, l'armée n'a fait que le reprendre.

« Au nom du Comité Martel 732, dont je ne suis qu'un des porte-parole, j'appelle les Français à la résistance, à l'insurrection démocratique face aux élites et à l'État profond qui a confisqué le pouvoir de manière honteuse. Nous occupons aujourd'hui l'hôtel Matignon pour frapper les consciences, pour relever les âmes endormies et réveiller les esprits égarés.

Mais nous ne souhaitons pas occuper le pouvoir. Nous comptons seulement le rendre aux vrais Français pour qu'ils puissent, comme ils le réclament, retrouver le contrôle de leur destin national.

« Nos revendications sont donc les suivantes :

« 1. Démission de la présidente de la République, de son Premier ministre et de l'ensemble du gouvernement ;

« 2. Organisation de nouvelles élections présidentielles et législatives dans les plus brefs délais ;

« 3. Mise en place d'un gouvernement de transition composé de ministres techniciens, compétents et loyaux, dans lesquels l'armée pourra avoir toute confiance ;

« 4. Annulation de toutes les mesures vexatoires à l'encontre des militaires, relèvement du budget du ministère de la Défense et, évidemment, maintien de l'armement atomique du pays.

« Si le pouvoir n'accède pas d'ici vingt-quatre heures à ces demandes tout à fait raisonnables et dictées par le pur bon sens, il portera la lourde responsabilité d'un engrenage dont l'issue ne pourra qu'être violente.

« Vive la France éternelle ! »

*

L'enregistrement achevé et diffusé en direct sur les réseaux sociaux, le lieutenant-colonel de Mirepoix, que tout le monde identifia grâce au nom cousu sur son uniforme, plia puis rangea méticuleusement le discours qu'il avait préparé. Il n'avait ressenti aucune gloire à occuper le fauteuil de Premier ministre, aucune satisfaction profonde, à peine un vague sentiment de devoir accompli. Sa déclaration en grand uniforme allait faire le tour du monde en quelques minutes. Elle cumulerait des millions de vues sur les réseaux sociaux.

Peu après, un hélicoptère de transport de troupes vint se poser au milieu du jardin de Matignon. Tous les hommes en vert se replièrent en bon ordre dans le vacarme assourdissant provoqué par les pales de l'engin. Quelques minutes plus tard, l'hélicoptère prit son envol, fit cinq cents mètres tout au plus et se posa dans la cour d'honneur des Invalides où il était visiblement attendu avec impatience.

Rue Vaneau

Paris, hôtel Matignon
15 août, 19 h 15

Pierre-André se trouvait donc enfermé dans son bureau avec Anna K. et une secrétaire. Cette dernière hurlait, pleurait, criait… Une crise d'hystérie que personne ne semblait pouvoir calmer. Pierre-André perdait beaucoup de sang. Une flaque rouge brun visqueuse et chaude inondait le parquet et le tapis. Adossé au radiateur, il se sentit de plus en plus faible jusqu'à perdre conscience.

Anna K. n'avait jamais pensé que les choses tourneraient de la sorte. On lui avait demandé de séduire le jeune conseiller, certes, de repérer le plan des locaux et d'identifier les voies de sortie, oui, mais on lui avait présenté quelque chose qui s'apparentait à une occupation pacifique. Un *remake* sans heurts de l'envahissement du Capitole par les partisans de Donald Trump, à la fin de l'année 2020. Elle se trouvait désormais en plein milieu d'un coup d'État alors qu'elle ne pensait que donner un coup de main à des amis de sa mère qui, comme elle, partageaient les valeurs de la Russie éternelle. Elle voyait deux possibilités : sortir du guêpier, s'échapper, tenter de sortir du territoire en espérant trouver refuge ailleurs ; ou bien assumer, secourir ce pauvre conseiller technique agonisant – qu'elle aimait bien, au demeurant. Son instinct prit finalement le dessus. Elle attrapa rapidement la cravate rouge posée négligemment sur le bureau, entoura la cuisse du jeune conseiller et serra du plus fort qu'elle le put. Le blessé émit un cri de douleur qui le réveilla un peu. Elle déchira un bout de sa robe pour faire des compresses qu'elle appliqua sur la première blessure, superficielle, à l'épaule, mais surtout sur la jambe gauche qui était recouverte d'hémoglobine. Elle alla chercher dans son sac à main plusieurs pilules qu'elle donna au conseiller pour soulager la douleur. Celui-ci était de plus en plus pâle. Son visage devenait creux et inexpressif. Anna K. vérifia tous les téléphones de la pièce, mais aucun ne fonctionnait, y compris l'appareil de haute technologie supposé être ultrasécurisé et opérationnel même en cas de crise. Aucun réseau. Aucune connexion. Aucune possibilité d'appeler au secours. De l'extérieur, ils entendaient par saccades des coups de fusil et de pistolet-mitrailleur. Pierre-André grelottait. Anna K. le secoua

« Tiens bon ! Accroche-toi !

— J'ai mal… »

La jeune femme se leva, se positionna épaule en avant, prit de l'élan et se jeta contre la porte de bois qui céda. Elle retourna auprès du jeune conseiller, l'agrippa en serrant bien le garrot, puis le traîna de toutes ses forces. Le corps inerte était plus lourd que ce qu'elle avait d'abord escompté et elle parcourut avec difficulté la dizaine de mètres qui les séparaient de l'ascenseur. Elle réussit à en ouvrir la porte, à s'y glisser avec le blessé, puis appuya sur le bouton de descente. Au rez-de-chaussée, elle sortit le conseiller évanoui de la cabine, puis le tira encore dans les couloirs jusqu'au petit appartement qui était utilisé pour les permanences de nuit. Là, elle ouvrit les fenêtres pour appeler à l'aide. Plusieurs fois. Au bout de longues minutes, des policiers de la BRI[1] casqués et armés arrivèrent. Une équipe médicale qui travaillait dans la caserne de gendarmerie de la rue de Babylone, avertie par les coups de feu, se présenta peu après et évacua le conseiller vers l'hôpital le plus proche.

1. Brigade de recherche et d'intervention.

Montmartre

Paris, basilique du Sacré-Cœur,
15 août, 20 heures

Un négociateur du RAID, arrivé rapidement sur les lieux, essaya plusieurs fois de prendre contact avec les assiégés. Les enragés ne voulaient rien savoir et répondirent par des tirs nourris. Le préfet de police, sentant qu'il ne pouvait pas se permettre de gérer plusieurs fronts à la fois, fixa un ultimatum. Si la basilique n'était pas évacuée avant vingt heures, elle serait prise d'assaut.

À vingt heures, faute de réponse, des blindés et des troupes diversement armées empruntèrent les rues adjacentes et se rapprochèrent du Sacré-Cœur. Les mutins mirent le feu aux poudres en lançant des grenades en direction des barrages de police. En position de combat, les militaires ripostèrent, tirant rafale sur rafale sur les fenêtres et les vitraux du lieu de culte. L'assaut fut donné quinze minutes plus tard. Les oreilles assourdies par le fracas des grenades, des policiers du RAID formèrent une file protégée par une tête de colonne portant un bouclier pare-balles. Soldats, blindés légers et hélicoptères quadrillèrent la Butte pour empêcher toute sortie.

L'engagement fut d'une rare violence. La fusillade, intense. Les assiégés déversèrent leurs munitions sur les assaillants, qui pénétrèrent avec difficulté dans la basilique. Des corps tombèrent des deux côtés, mais les cris des hommes étaient étouffés par le vacarme des tirs à répétition. Pris au piège dans leur guêpier réactionnaire, les mutins s'étaient réfugiés au fond de la basilique, derrière le tabernacle. Après deux longues heures de lutte, et malgré leur infériorité numérique, les insurgés répondirent par des tirs aux propositions de négociations. Ayant poussé les rebelles dans leurs ultimes retranchements, les policiers demandèrent confirmation de leurs instructions. La sentence du préfet de police tomba :

« Pas de prisonnier. En finir au plus vite. »

Les hommes du RAID se retirèrent de quelques mètres et lancèrent un déluge de grenades. De sourdes déflagrations et un torrent de flammes vinrent à bout des derniers tireurs.

La capitaine Meriem, qui avait suivi de près l'assaut, pénétra dans l'édifice dès que les armes se turent. Elle ne put que constater que les ordres avaient été suivis à la lettre. Des corps sans vie, calcinés, criblés de balles, s'entassaient au fond d'une crypte. Elle ne reconnut aucun visage, à peine un tatouage sur l'avant-bras d'un corps : MARTEL 732.

Exfiltration

Bormes-les-Mimosas, fort de Brégançon
15 août, 20 heures

Un hélicoptère militaire arriva très vite au-dessus du fort. Il fut suivi quelques minutes plus tard par un hélicoptère médicalisé de couleur blanche. Celui-ci se posa sur la petite *drop zone* du fort, chargea un brancard autour duquel s'affairaient plusieurs personnes. Puis repartit aussitôt dans les airs. La présidente de la République était évacuée vers l'hôpital militaire de Toulon, où elle serait admise en urgence. Pendant ce temps, les trois véhicules blindés et leurs occupants avaient rebroussé chemin. Les soldats finirent par sortir de leur véhicule. Posèrent leurs armes et attendirent, les mains en l'air, que la gendarmerie, qui était à leurs trousses, les arrête.

« C'est une erreur, crièrent-ils. Un terrible accident. On n'a pas tiré, c'est pas nous ! »

Après avoir exfiltré la présidente de la République, le chef du GSPR fit le tour de ses hommes. Quatre blessés, ils avaient eu de la chance. Clairement, si les soldats avaient voulu tuer la Présidente, ils ne l'auraient pas ratée, compte tenu de la distance. Alors qu'il réconfortait un à un les membres de son groupe, un grand gaillard craqua.

« Oui, c'est moi. C'est moi… J'ai été poussé dans la bousculade au moment de sortir mon arme. Le coup est parti tout seul. C'est un accident…

— OK. Donne-moi ton arme.

— Mais vous me croyez, commissaire ? C'est un accident !

— Je te dis que oui, répondit l'officier avec tout le calme dont il était capable. Maintenant, suis-moi, on va consigner tout cela par écrit. »

Over my dead body

Paris, Montmartre
15 août, soirée

La police scientifique ayant entamé son travail, le préfet de police put se rendre sur place et examiner la scène par lui-même. Le Sacré-Cœur était dévasté. L'intérieur de la basilique était criblé de balles et d'éclats de grenades. Le mobilier, calciné. Richard Langlais se fraya lentement un chemin parmi les décombres. La capitaine Nina Meriem vint à sa rencontre. Il reconnut la jeune femme dont la directrice générale de la sécurité intérieure disait le plus grand bien. Elle lui fit un premier rapport de synthèse des informations qu'elle avait recoupées. Parmi les corps des enragés de la basilique du Sacré-Cœur, la police scientifique avait réussi à identifier deux personnes. Un jeune homme de vingt-sept ans, Stephan Z., qui avait été arrêté en 2021 dans le Haut-Rhin alors qu'il s'apprêtait à commettre des attentats contre des bâtiments publics avec des bombes artisanales. Les policiers avaient eu la surprise de découvrir dans son petit pavillon alsacien un garage transformé en atelier de fabrication d'explosifs. Les enquêteurs étaient aussi tombés sur toute une panoplie d'écussons nazis, et même une tenue du Ku Klux Klan. Après avoir purgé une peine de prison ferme, l'individu avait été relâché pour bonne conduite et renvoyé chez lui avec un bracelet électronique. L'autre corps identifié était celui d'un ancien policier de la BAC de nuit de Nancy, le brigadier Jacques M., révoqué par le ministère de l'Intérieur à la suite d'une procédure disciplinaire fondée sur des faits de harcèlement moral et d'injures à caractère raciste. L'enquête de l'Inspection générale de la police nationale avait révélé par ailleurs que le brigadier était un adepte d'une marque de vêtements au nom inspiré par des divinités viking et fort prisée des milieux néonazis.

*

Les perquisitions menées aux domiciles des deux individus dès le lendemain matin ne permirent pas de remonter une piste menant à un réseau organisé. Aucun ordinateur, aucun téléphone, aucun papier, ne fut trouvé sur place, preuve que de grandes précautions avaient été prises dans l'organisation de leurs méfaits. Postérieurement à l'assaut, leurs corpulences respectives permirent cependant d'établir un rapprochement avec la vidéo de l'envahissement violent des locaux du CSA et la description du physique des auteurs de l'attentat raté contre l'OFPRA à Fontenay-sous-Bois. Une partie du mystère du groupe Martel 732 s'éclaircissait enfin.

Coup d'État médiatique

PARIS
15 AOÛT, 21 HEURES

Dès vingt heures, les chaînes d'information en continu avaient toutes interrompu leurs programmes. « La République attaquée », « Le pouvoir assiégé », « La France sous le feu ». Les images de la présidente de la République touchée par des tirs puis évacuée par son escorte faisaient le tour du monde. Les émissions spéciales enchaînaient sur la basilique du Sacré-Cœur en flammes, puis sur les images de l'assaut de l'hôtel de Matignon. Un désastre. Une catastrophe. Jamais le pouvoir n'avait autant vacillé depuis le début de la Ve République. Lorsqu'elle prit connaissance avec effarement des images de ce lieutenant-colonel assis dans le bureau du Premier ministre, donnant lecture d'un ultimatum, la professeure Sarah Effenberg se fit la remarque que l'on était peut-être désormais entré dans une nouvelle époque, l'ère des « coups d'État médiatiques ».

Elle se rappela les images quasi irréelles des supporteurs de Donald Trump, déguisés en Indiens, les pieds sur le bureau de la présidente de la Chambre des représentants. Elle se remémora aussi les talibans déboulant dans le bureau du président afghan à Kaboul, provoquant l'effondrement total de ce qui restait du régime. L'image du pouvoir, ou de l'écroulement du pouvoir, compte finalement bien davantage que son exercice réel. Elle envoya un petit message à la capitaine Meriem pour prendre de ses nouvelles et lui souhaiter bien du courage. Elle ajouta qu'elle se tenait évidemment à la disposition des autorités pour aider à mettre fin à tout ce désordre.

Communiqué de la présidence de la République

Paris, palais de l'Élysée
15 août, 23 heures

La secrétaire générale de la présidence de la République rejoignit la salle de presse de l'Élysée. Devant une cinquantaine de journalistes serrés dans la petite pièce, elle prononça une courte déclaration sans accepter de répondre à une seule question.

« Mesdames et messieurs, la République a connu ce jour des heures tragiques. Je me bornerai à ne vous apporter que des éléments purement factuels.

« Tout d'abord, je vous confirme que la présidente de la République a été admise à l'hôpital militaire de Toulon dans la soirée. Elle a été touchée par un tir dont la provenance est encore inconnue, alors qu'elle s'apprêtait à sortir du fort de Brégançon. Elle est à cette heure dans un bloc opératoire, entourée des meilleurs chirurgiens. Quatre membres du groupe de protection de la Présidente ont été légèrement touchés. Les soldats impliqués dans la fusillade ont été arrêtés et se trouvent ce soir placés en garde à vue.

« Nous sommes, par ailleurs, sans nouvelles du Premier ministre, dont vous savez qu'il a été attaqué alors qu'il se trouvait sur son lieu de villégiature dans les Pyrénées-Atlantiques. Deux officiers assurant sa protection ont été tués, et quatre blessés. Le compagnon du Premier ministre a également été retrouvé mort.

« En l'absence du Premier ministre, l'hôtel Matignon a été la cible d'une attaque armée dont nous connaissons les auteurs, qui se sont repliés, à l'issue de leur forfait, aux Invalides.

« Enfin, l'attaque terroriste qui a visé le Conseil constitutionnel n'a fait aucune victime mais a causé de gros dégâts. Les assaillants de cette institution ont par la suite été pris en chasse par des forces de police. Retranchés dans la basilique du Sacré-Cœur, à Montmartre, ils ont répondu négativement à toutes les tentatives de négociation. Sur instruction de la ministre de l'Intérieur et du préfet de police, un assaut a été lancé par le RAID. Aucun des assiégés n'ayant accepté de se rendre, ils ont tous été neutralisés.

« Mesdames et messieurs, le gouvernement dénonce avec la plus grande fermeté ces actes lâches et violents. Il ne compte céder à aucune pression, à aucun ultimatum. Je vous remercie. »

Articles 7 et 16

Paris, Sénat, salle Médicis
16 août, 10 heures

La présidente du Sénat prit la parole dans la salle Médicis, transformée pour l'occasion en salle de presse. Les huissiers avaient déplacé les bustes de marbre des glorieux anciens sénateurs et remplacé les somptueux canapés rouge bordeaux molletonnés par une série de chaises pliantes. Une petite estrade avait été confectionnée à la hâte, et un pupitre placé en son centre. Un drapeau français, non accompagné du drapeau européen, figurait sur le côté droit. Toute la presse française et internationale avait été conviée pour l'occasion. Une annonce de toute première importance, indiquait le message d'invitation du service de presse du Sénat. Les journalistes piaffaient déjà depuis une bonne demi-heure lorsque la présidente du Sénat fit son entrée, ceinte de son écharpe tricolore, les cheveux tirés, le visage contracté, l'air martial. À ses côtés, légèrement en retrait, l'accompagnaient deux hommes à l'allure fort différente. À sa droite, l'ancien gouverneur militaire de Paris, en grand uniforme beige, étoiles argentées sur les manches, gants blancs, cordon rouge vif de commandeur de la Légion d'honneur bien visible. À sa gauche, l'ancien préfet Philippe Van den Loos n'avait nullement renoncé à l'accoutrement excentrique qui avait fait son succès sur les plateaux de télévision : costume gris clair, bottines marron, chemise bleu ciel, pochette orange et cravate noire sur laquelle figurait une hermine bretonne.

La présidente du Sénat s'éclaircit la voix, s'approcha du micro et prit la parole sous un éclairage intense qui accentuait encore son expression exaltée :

« Françaises, Français, mes chers concitoyens, mesdames et messieurs les journalistes, l'heure est grave.

« À l'heure où je vous parle, la France court un grand péril, car elle n'est plus gouvernée. Des ministres s'agitent, mais ne décident pas. Quand ils ordonnent, ils ne sont plus obéis. Sourde aux revendications de notre armée et aveugle devant les mises en garde des autorités civiles, la majorité a perdu toute crédibilité. Un Premier ministre est porté disparu. Sait-on seulement s'il n'a pas fui ? La question mérite d'être posée devant l'opacité des circonstances de sa disparition. La présidente de la République est entre la vie et la mort. La France a aujourd'hui besoin d'une poigne de fer, d'être conduite avec fermeté et rigueur face aux menaces.

« C'est pourquoi, ce jour, après avoir constaté l'impossibilité pour la présidente de la République de remplir sa mission, faute de pouvoir réunir les membres du Conseil constitutionnel, pour la plupart en congés à l'étranger, et compte tenu des périls auxquels fait face notre pays, j'ai décidé d'assumer la responsabilité de conduire la Nation, en vertu de l'article 7 de notre Constitution. J'assurerai jusqu'à nouvel ordre l'intérim de la présidence de la République. J'ai sollicité, pour cette tâche particulièrement difficile, le concours de deux personnalités majeures afin de bénéficier de leur appui et de leurs conseils, en particulier dans le domaine de la sécurité. Vous connaissez les états de service de ces deux hommes, le général Villard, gouverneur militaire de Paris jusqu'à récemment, et le préfet Philippe Van den Loos. Ce comité de salut public s'est réuni en début de matinée et a d'ores et déjà décidé d'appliquer l'article 16 de la Constitution. Je vous rappelle que cet article prévoit que « lorsque les institutions de la République, l'indépendance de la Nation, l'intégrité de son territoire ou l'exécution de ses engagements internationaux sont menacés d'une manière grave et immédiate et que le fonctionnement régulier des pouvoirs publics constitutionnels est interrompu, le Président de la République prend les mesures exigées par ces circonstances ».

« Nous en sommes là. Hélas. Mais je ne céderai pas à la fatalité.

« Je m'adresse maintenant aux militaires. Soldats, je vous ai compris ! Je mesure votre dépit. Je ne vous laisserai pas tomber. Je souhaite engager avec vos chefs un dialogue permettant de sortir par le haut, et dans la dignité, de cette situation pour éviter un engrenage qui va nous conduire vers la guerre civile.

« Vive la France, vive la République ! »

Un brouhaha indescriptible retentit dans la salle, entre les demandes d'intervention et les commentaires des journalistes.

« Je vais répondre à quelques questions maintenant, assura d'une voix autoritaire la présidente du Sénat. Vous, allez-y ! dit-elle en désignant un journaliste au premier rang.

— Pardon de cette question, mais n'est-ce pas une tentative de coup d'État ?

— Pas du tout, c'est l'application de la Constitution rédigée par Michel Debré et le général de Gaulle. Croyez-vous qu'à mon âge je compte m'engager dans une carrière de dictateur ?

— Mais cet intérim n'est-il pas irrégulier puisque la présidente de la République est toujours en exercice et que seul le Conseil constitutionnel peut constater son indisponibilité ? enchaîna un deuxième journaliste.

— Les fameux sages du Conseil constitutionnel, dont l'indépendance a plusieurs fois été mise en cause, sont introuvables ou ne sont pas en France. S'agissant du chef de l'État, rien ne nous dit qu'elle retrouve la pleine possession de ses moyens.

— Condamnez-vous le coup de force militaire ?

— Je condamne les décisions inconséquentes de mes prédécesseurs. C'est leur défiance à l'égard de notre armée et de nos policiers qui est à l'origine de cette crise !

— Appelez-vous les unités combattantes à retourner dans leurs casernes ?

— Je les appelle à me reconnaître pour chef des armées et à engager un dialogue susceptible de former un gouvernement de transition, dont le préfet Van den Loos pourrait être le chef, et le général Villard, le ministre de la Défense.

— Mais n'est-ce pas un complot contre les institutions ?

— Monsieur le journaliste, vos insinuations sont insupportables. Je vous invite à consulter un spécialiste pour guérir cette "complotite aiguë" dont vous semblez souffrir.

— Attendez-vous des réactions à l'international ? Pourquoi le drapeau européen n'est-il pas présent ?

— Je ne laisserai personne, et sûrement pas une troïka de technocrates bruxellois, nous dicter la ligne de conduite de la Nation française.

— Quand allez-vous organiser des élections ?
— Dès que la situation le permettra.
— C'est-à-dire ?
— Je vous ai répondu. »

Sur ce, la présidente du Sénat mit fin à la conférence de presse et tourna les talons.

Le préfet Philippe Van den Loos accepta de répondre à plusieurs questions devant une forêt de micros et de caméras. Sans surprise, il se fit lyrique, grandiose et cassant, refusant d'entrer dans le détail des conséquences juridiques de cette initiative politique :

« Quand le gouvernement de la République ne répond plus, le premier devoir du citoyen, c'est de le redresser. Lorsque le drapeau tricolore est piétiné, l'honneur impose au soldat de le relever. Nous savons que ce sont les saintes audaces qui portent à s'emparer du pouvoir pour sauver le peuple lui-même ! Vous me parlez d'un coup d'État, je vous réponds que c'est surtout un coup de grisou politique, un coup de pied au cul des élites, un bon coup de gouvernail vers le redressement national ! »

*

Une minorité seulement de sénateurs appartenant à des groupes politiques différents condamnèrent cette initiative.

Nous ne sommes pas partisans du jeu irresponsable et dangereux consistant à tirer parti des difficultés de ceux qui ont la charge du gouvernement de la France. La démocratie peut être vive, conflictuelle, mais la confrontation se place forcément sur le terrain du débat d'idées. Nous refusons l'utilisation de la violence. Le jeu démocratique ne doit pas aboutir à une guerre civile.

*

Devant sa télévision, Sarah Effenberg songea à un passage de l'*Histoire de la Révolution française* écrite par Adolphe Thiers en 1827. À propos du 18 Brumaire, l'historien décrivait ce qui lui semblait la méthode du coup d'État la plus efficace : « Déguiser l'illégal autant qu'on le peut, se servir des termes d'une Constitution pour la détruire, et des membres du gouvernement pour le renverser. »

Il faudrait qu'elle ajoute cela dans ses notes de cours.

Cellule de crise

PARIS, PLACE BEAUVAU
16 AOÛT, 11 HEURES

Les deux têtes de l'exécutif empêchées, la ministre de l'Intérieur réunit en urgence le centre interministériel de crise dans le local situé sous la grande salle de bal de son ministère.

« Quand on n'a pas d'instructions, on prend des initiatives ! avait-elle lancé à ses collaborateurs. Je veux toutes les intelligences disponibles. Toutes ! Pour sortir de ce merdier, ce n'est pas de courage qu'on va manquer, mais d'idées originales. Ce qui est en jeu ici, ce n'est pas le maintien de l'ordre ou la victoire armée : ce qui est en jeu, c'est d'éviter une guerre civile. La partie s'annonce rude. »

C'est ainsi que furent contactés la DGSI, l'état-major des armées, mais aussi, de manière plus inattendue – l'ouverture d'esprit n'étant pas la chose la plus partagée dans l'appareil d'État français –, des représentants de la société civile : des responsables associatifs, des ministres des cultes, et même des universitaires.

Représentant la LICRA, Joh débarqua dans la salle de réunion vêtu comme tous les jours. Un jean délavé bleu-gris, un T-shirt AC/DC, des lunettes de soleil Ray-Ban noires et des Converse rouge et blanc sorties tout droit des années quatre-vingt. Il remarqua immédiatement que son style vestimentaire dénotait avec la collection d'uniformes beiges des militaires ou de costumes gris et de chemises bleues dont étaient affublés les civils présents. Joh sortit de son immense sac à dos deux ordinateurs, une batterie de secours, deux disques durs externes, une batterie de clés USB et une tasse à l'effigie de Maître Yoda, son personnage de *Star Wars* préféré, dont il partageait les grandes oreilles et le sens de la formule mystérieuse.

« Qu'est-ce que c'est que cet accoutrement, jeune homme ? C'est carnaval ? lui demanda le général Etchégarray.

— Que voulez-vous, mon général… Tout le monde ne peut pas s'habiller comme le soldat inconnu ! Du reste, l'uniforme ne lui a pas trop réussi… répondit Joh avec insolence.

— Ah, ah, ah ! vous me rappelez mes fils, dit Etché dans un éclat de rire. Encore qu'eux, ils auraient été capables de venir avec leur planche de surf.

— J'ai laissé mon skate à l'entrée, mentit Joh dans un sourire.

— Vous avez bien fait, il aurait pu être considéré comme une arme par destination et détruit immédiatement. »

La professeure Sarah Effenberg se présenta à son tour Place Beauvau. Elle fut cependant empêchée d'atteindre la grille d'honneur par un jeune policier au visage poupon qui visiblement avait reçu des consignes fermes.

« On ne passe pas, madame, désolé.

— Mais je suis attendue, monsieur l'agent.

— Non, madame, les ordres sont stricts, personne ne passe.

— Personne ne passe, mais moi je suis attendue par la ministre. Donc, ayez l'amabilité de bien vouloir m'accompagner jusqu'au poste de garde et de prévenir vos supérieurs.

— Vraiment… J'ai des ordres… répondit tout ennuyé le jeune policier.

— Maintenant, ça suffit ! Est-ce que j'ai une tête de légionnaire putschiste d'origine slave ? Est-ce que j'ai l'air d'être équipée d'une ceinture d'explosifs ?

— Euh… Je vais appeler…

— Oui, c'est ça ! Allez appeler du renfort ! Dites-bien qu'une professeure de science politique est en train de prendre d'assaut le ministère avec son sac à main ! »

Deux minutes plus tard, la capitaine Meriem sortit par la grille et vint chercher Sarah Effenberg.

« Désolée pour l'attente, tout le monde est un peu tendu.

— Ce n'est pas une raison pour faire attendre les gens sous la pluie.

— Allons vite en salle de crise. Je me suis permis de faire appel à vous car je crains que certains militaires ne soient décidés à jouer au docteur Folamour.

— Très mauvaise idée, en effet. Bon, plus sérieusement, on en est où ? C'est déjà Waterloo ?

— Pas encore, mais la tentation de mesures générales autoritaires n'est pas loin.

— Qui n'a pas eu une mère juive ne sait pas ce que c'est que vivre en dictature », répondit Sarah Effenberg qui n'avait pas renoncé à son humour si particulier.

La ministre de l'Intérieur débarqua dans la salle de crise pleine à craquer de hauts fonctionnaires, d'ingénieurs, de policiers et de militaires. Quelques personnalités dites qualifiées avaient été conviées à cette réunion extraordinaire. La ministre de l'Intérieur n'avait pas été choisie pour sa connaissance des questions de sécurité. En revanche, elle traînait une solide réputation de dure à cuire formée à l'école des socialistes français les plus purs. Spécialiste des âpres discussions nocturnes programmatiques, elle avait un caractère difficile. Elle était intraitable sur trois choses, disait-elle souvent : les droits des femmes, la laïcité, la justice sociale. À force de combats entre apparatchiks, elle avait réussi à se faire élire comme sénatrice d'un département dans lequel tout le monde la détestait, mais la respectait aussi, chasseurs et agriculteurs compris.

Elle annonça d'emblée qu'il ne fallait pas compter sur elle pour liquider deux cent trente années de République sans rien faire. Que pour faire cesser tout ce bazar elle prenait les commandes de l'État, dont elle se déferait le plus vite possible au bénéfice des autorités démocratiquement élues. En attendant, elle chargeait le préfet de police de prendre la tête de l'ensemble des opérations de sécurité et de protection, et elle confiait au général Etchégarray la responsabilité de s'assurer de la loyauté de l'armée. Elle laissa les participants à la réunion régler les détails avec son équipe, et elle partit préparer une déclaration publique.

La ministre de l'Intérieur avait parlé quelques instants auparavant avec le ministre de la Défense qui se trouvait dans sa Savoie natale qu'il avait refusé de quitter, s'y sentant plus en sécurité. Fidèle à sa réputation, le ministre était resté énigmatique. Taiseux comme les montagnes de sa circonscription, il écoutait ses visiteurs avec une infinie patience sans jamais les interrompre. Leur laïus achevé, il trempait son regard gris métallique dans les yeux de son interlocuteur puis il réajustait ses petites lunettes, posait sa voix et ânonnait des banalités qu'une armée de petites mains sans grand talent lui rédigeaient. Depuis sa nomination, il avait occupé son portefeuille sans éclat.

Il ne semblait en tout cas disposer ni de l'énergie ni de l'imagination que requérait la situation. Un autre eût mobilisé les troupes, appelé un à un les chefs d'unité, rédigé une proclamation de fidélité à la République. Il ne se fit ni Carnot, ni Gambetta, ni Clemenceau. Il se contenta de faire publier un tweet indiquant qu'il suivait attentivement la situation et qu'il faisait confiance au bon sens des chefs de l'armée française. Tout au plus, son accord lui fut-il arraché pour que le chef d'état-major des armées participe à la cellule de crise interministérielle et coordonne les actions militaires.

*

Pour sa part, le général Etchégarray avait lancé l'offensive. Il téléphonait à chaque chef d'unité pour s'assurer de sa loyauté. Il faisait bref avec les plus fidèles, il se montrait pugnace, convaincant – au besoin menaçant –, envers les plus hésitants. Près de lui, une petite équipe organisait des coups de fil en série et répartissait les unités en trois colonnes : les loyaux, les félons, les indécis.

Etché manifesta toute la patience dont il était capable. Il se fit éloquent, mais toujours précis, rappelant les serments de fidélité prêtés à la République, le code militaire, la Constitution, la répartition des pouvoirs… Il évoqua aussi une entreprise de démolition des institutions républicaines conduite par des influences étrangères. À ses côtés, la professeure Effenberg suivait les échanges, griffonnait une note, un chiffre, un article de la Constitution pour alimenter en arguments le chef d'État-major des armées.

Déclaration de la ministre de l'Intérieur

Paris, Place Beauvau,
16 août, 12 heures

Dans la cour intérieure de l'immeuble de la place Beauvau, la ministre de l'Intérieur se présenta aux journalistes présents soigneusement entourée de personnalités incarnant l'autorité et la continuité de l'État républicain : la secrétaire générale du gouvernement, le directeur général de la police nationale, le directeur général de la gendarmerie nationale, le préfet de police Richard Langlais, le général Etchégarray, ainsi que Virginie Trinh Duc, la directrice de la DGSI. D'une voix ferme la ministre déclara :

« Françaises, Français, notre démocratie a été hier attaquée en son cœur. Le Conseil constitutionnel, Matignon, le Premier ministre lui-même – dont nous sommes toujours sans nouvelles – et, avant cela, plusieurs institutions dont le CSA ont été la cible d'attentats violents et meurtriers. Mes pensées vont également à notre présidente de la République, toujours inconsciente. Faute d'informations sur le sort du Premier ministre, en tant que ministre d'État, ministre de l'Intérieur et numéro deux du gouvernement, j'exerce à compter de ce jour les fonctions de Premier ministre par intérim, dans le respect de l'ordre protocolaire. Prenant prétexte de ces attaques, un acte grave portant atteinte au fonctionnement régulier des institutions républicaines vient d'être commis par la présidente du Sénat. Un coup de force sur la base d'une interprétation tendancieuse de la Constitution. Ce pouvoir se pare des apparences de la légalité, mais il a une réalité : un petit groupe de politiciens avides de pouvoir, appuyés par une faction séditieuse armée. Ce petit groupe a moins d'ambitions pour le pays que d'appétit politique. J'attends des forces terrestres, navales et aériennes qu'elles demeurent exemplaires sous les ordres de leurs chefs réguliers. À ces chefs, j'exprime ma confiance et mon intention de ramener l'ordre public sans répondre aux provocations. Au nom de l'État, j'ordonne que tous les moyens soient employés pour barrer la route à cette aventure hasardeuse susceptible de porter notre pays au bord du chaos et de la guerre civile. J'entends que soient défendus l'ordre public et le fonctionnement habituel des services publics. Le procureur de Paris, saisi par le garde des Sceaux, a ouvert cet après-midi une information judiciaire sur la base des articles 90, 91 et 99 du Code pénal, c'est-à-dire la prise illégale d'un commandement militaire et l'organisation d'un mouvement insurrectionnel. Je serai intraitable dans le respect de la légalité républicaine. Vive la France et vive la République ! »

La résistance et l'espoir

PARIS
16 AOÛT

Alors que la situation politique et sécuritaire restait très instable, Nina Meriem avait décidé de réunir son équipe pour un moment de cohésion. On lui avait demandé de continuer à surveiller les multiples groupuscules composant l'extrême droite française. Il n'était pas interdit d'envisager une nouvelle attaque terroriste contre une institution ou une personnalité. Il fallait donc rester en alerte, et poursuivre une discrète supervision des lieux de réunion physique ou de rencontre sur internet de la mouvance la plus radicale et la plus violente.

Nina choisit de commencer sa réunion en lisant un bref passage de *L'Espoir*, dans lequel André Malraux appelle à la résistance tous les républicains, de gauche comme de droite. Ses hommes lui répondirent par une moue dubitative.

« C'est quoi cette mine ? Vous ne trouvez pas cela inspirant ?

— Ben... nous ne sommes pas des poètes, ni des écrivains, répondit un brigadier-chef.

— Malraux, quand même, c'est fort. Il a fait la guerre d'Espagne, il a lutté contre les fascistes, pris des risques inconsidérés pour fournir en armes la jeune République espagnole !

— Ne te casse pas la tête, asséna le plus expérimenté de ses coéquipiers dans un grand sourire. Ici, on accepte tout le monde, que tu sois fan du Barça ou du Real ! »

Tout le monde rit.

« Merci pour cette précision. Plus sérieusement, je voulais vous redemander d'être très prudents. Nous avons affaire à des gens dangereux, armés, à de véritables idéologues pour lesquels nous sommes tous, nous fonctionnaires de police, des ennemis en puissance. Allez, on se remet au boulot ! »

Gérard Lenorman

Paris, siège de la LICRA,
17 août

À l'occasion de la réunion de crise du bureau exécutif de la LICRA, Joh proposa à son président une communication décalée pour se distinguer du concert des indignations convenues ou des soutiens aveugles. L'inspiration lui était venue de la rediffusion d'une célèbre émission télé dans laquelle les candidats devaient retrouver des paroles de chansons françaises connues.

De même que tous les moyens sont bons pour tuer la liberté, de même tous les moyens sont bons pour la défendre. *Au pays de Voltaire, l'humour et la satire ne sont pas les armes les moins efficaces quand il s'agit de saper la crédibilité d'apprentis putschistes*, se dit Joh. Il posta ainsi le message suivant sur les comptes de la LICRA sur les réseaux sociaux :

Si j'étais Président de la République
Je nommerais, bien sûr, Mickey Premier ministre
Simplet à la culture
Tintin à la police et Picsou aux finances

Zorro à la justice et Minnie à la danse
Tarzan serait ministre de l'Écologie
Bécassine au commerce, Maya à l'industrie
Opposition néant, si j'étais président.

En quelques minutes le message fut partagé des milliers de fois. Prolongeant l'esprit potache de Gérard Lenorman, qui était l'auteur de cette chanson enfantine, la résistance s'en empara.

La présidente du Sénat fut rebaptisée Cruella, et le mot d'ordre « Cruella démission ! » se diffusa petit à petit dans tout le pays. Ses opposants s'organisaient et leur action prenait de l'ampleur.

Relevé de décisions du comité de salut public

Paris, Sénat
17 août, 19 heures

Vu la Constitution, notamment ses articles 7 et 16,
Considérant la situation d'imminents dangers que la France connaît,
Considérant la nécessité de prendre toutes mesures utiles pour renforcer la cohésion nationale,

Le comité de salut public décide :

1) Les sessions de l'Assemblée nationale et du Sénat sont suspendues afin de garantir la sécurité des représentants de la Nation. Un congrès sera convoqué à Versailles lorsque les conditions le permettront ;

2) Le pouvoir exécutif est assuré par le comité de salut public sous l'autorité de la présidente de la République par intérim ;

3) La France suspend, jusqu'à nouvel ordre, l'application sur son territoire de la Convention européenne des droits de l'Homme ;

4) Le maintien en l'état du budget alloué aux forces armées et de sécurité ainsi que de la force aérienne stratégique ;

5) Les rassemblements de plus de cinq personnes sont strictement interdits et un couvre-feu est instauré à partir de vingt heures.

Signé : la présidente de la République par intérim

Etché

PARIS, MINISTÈRE DE L'INTÉRIEUR
18 AOÛT

Le général Etchégarray n'avait plus qu'un seul but : replacer le pouvoir militaire sous l'autorité incontestée des civils. La présidente de la République avait voulu imposer un programme politique qui était celui de sa majorité mais qui était loin de faire l'unanimité, *a fortiori* au sein de l'institution militaire. Faute de la pédagogie la plus élémentaire, les premières mesures de la nouvelle majorité étaient apparues comme trop radicales, même pour un pays qui revendique sa tradition révolutionnaire.

Paradoxalement, la présidente de la République avait fait le plus dur : conquérir le pouvoir dans des circonstances politiques très défavorables. Mais elle avait été incapable d'accomplir ce qui semblait le plus facile : gouverner dans la sérénité et l'apaisement une démocratie libérale.

Sur cette pensée, il entra dans le bureau de la ministre de l'Intérieur qui tentait, autant que possible, d'assurer la continuité de l'État et de parer aux défaillances de ses nombreux collègues dépassés par les événements.

« Ah, général, vous tombez bien. Merci de vous être rendu à nouveau disponible. J'assure les fonctions de chef de gouvernement par intérim… En résumé, j'essaye d'éviter un naufrage collectif et votre ministre de tutelle ne m'aide pas beaucoup ! Quels sont vos conseils pour s'assurer de la loyauté de l'armée ?

— Un militaire ne veut ni raisonnements, ni suggestions, mais des ordres aussi clairs et précis que possible. Tout ce qui n'est pas un ordre risque d'être interprété, et mal interprété. Dans le contexte actuel, l'imprécision est un symptôme de faiblesse ou d'incompétence.

— Bien vu. Préparez-moi une instruction générale aux forces armées et une proposition de discours.

— Je m'en occupe. La toute première des priorités est que tout le monde reste calme. Il faut absolument éviter un embrasement, un geste mal compris, un quiproquo qui terminerait en guerre civile.

— Faisons ainsi. Retournez auprès de vos troupes, je compte sur vous, général. »

Le général Etchégarray avait fort heureusement déjà rédigé ses instructions, qui étaient prêtes à être appliquées. Il ordonna aux quelques régiments dans lesquels il avait le plus confiance de faire mouvement en bon ordre vers la capitale. Les autres devaient surtout rester en caserne et ne pas bouger. L'autorité du gouvernement résidait à ce moment-là dans sa capacité à faire en sorte qu'il ne se passe strictement rien. L'immobilisme est aussi, parfois, une vertu…

Grève générale

FRANCE
19 AOÛT

Les militaires attaquent l'État comme si c'était une forteresse, et la police le défend comme si c'était une ville. *Du bon usage de cette asymétrie dépend l'issue de la bataille*, songea Sarah Effenberg.

La stratégie des barricades était irresponsable. Elle fut donc rapidement écartée par le gouvernement officiel. D'abord, il ne restait guère dans Paris que quelques rues pavées autour du Panthéon, dont les logements hors de prix étaient désertés par leurs occupants réfugiés à Deauville ou à Saint-Tropez. Et puis, la proximité du Sénat aurait abouti à des provocations qui n'auraient pas manqué de dégénérer. Dans l'inconscient politique français, deux traditions cohabitent : l'une révolutionnaire, ardente, réclame toujours des Bastille à abattre à la force des mains ; l'autre, terrienne et conservatrice, se vautre allègrement dans le commentaire passif, l'ironie, le règne de l'à-quoi-bon. Jouant sur ces deux tableaux, une stratégie pouvait fonctionner : celle de la grève collective rémunérée, encouragée par le gouvernement. Quoi de plus simple que de ne plus rien faire ? Quoi de moins risqué que de rester chez soi ? Quoi de plus audacieux que le refus de la tyrannie depuis son salon ? Ensemble, chez soi, contre la dictature ! La professeure à Sciences Po résuma ses idées dans une note qu'elle transmit à la capitaine Nina Meriem et au général Etchégarray.

La « stratégie Effenberg » – comme elle fut dénommée – fut retenue. L'abstention comme geste civique, il fallait oser… La défense de la démocratie et de l'État était confiée à la grève générale. Presque tous les partis politiques, tous les syndicats, toutes les organisations patronales et toutes les collectivités territoriales décidèrent de soutenir le mouvement.

Partout les Français eurent l'impression de renouer avec les grandes heures heureuses du Front populaire de 1936, de la Libération de 1945, de Mai 68 et de mai 1981. L'esprit de résistance soufflait sur l'Hexagone…

À Paris, la capitale était plongée dans l'obscurité sur instruction de la municipalité. Les rues du centre-ville étaient désertées, un calme absolu – « une fois n'est pas coutume », précisaient les journalistes – régnait en Seine-Saint-Denis. La paralysie avait touché les services publics. Dans les transports en commun, les syndicats n'eurent aucun mal à s'accorder avec les responsables de direction pour ne faire rouler aucun train, aucun métro, aucun bus. Les vélos et autres trottinettes en libre-service furent bloqués à distance par les entreprises concessionnaires.

Les rares fonctionnaires présents dans les ministères se refusèrent à reconnaître le comité de salut public. Le directeur général de la fonction publique fit rire la France entière en déclarant :

« Nous allons faire ce que nous savons faire le mieux, à savoir rien. J'invite tous les Français à en faire autant, tant que la légalité républicaine ne sera pas rétablie. »

Au Quai d'Orsay, un ancien ambassadeur à la retraite se fit le porte-parole de ses collègues :

« Les diplomates français n'ont jamais obéi en temps de paix aux instructions politiques qui ne leur convenaient guère, nous allons renforcer en temps de guerre notre indiscipline et notre désinvolture. »

La ministre de l'Intérieur, solidement barricadée place Beauvau, avait décrété de son côté l'instauration d'une *green zone* allant de ses bureaux jusqu'à l'ambassade américaine place de la Concorde, en passant par l'Élysée.

Le trafic aérien avec l'étranger fut interrompu à l'initiative des aiguilleurs du ciel, du haut de leurs tours de contrôle. Paris sembla plongée dans un coma profond, sans camions éboueurs, sans marchands de journaux, sans journalistes pressés à scooter ni ambulances tonitruantes. Les cabarets fermèrent par solidarité. On éteignit les devantures du Moulin rouge et du Lido. Les travailleuses du sexe ne firent plus le trottoir, mais s'assirent dessus en groupe, avec des bougies pour seul éclairage. On se retrouva presque au meilleur moment de la crise sanitaire d'avril 2020, alors que la capitale française ressemblait plus à une ville fantôme qu'à la cité des lumières…

En province, dans les lieux de villégiature, c'était en revanche la fête. On organisa des forums et des agoras dans les campings et les centres de vacances. Des comités citoyens s'organisèrent. Les propriétaires promirent la gratuité des nuitées supplémentaires subies. Des tables se dressèrent pour des banquets, on improvisa des concours de chants patriotiques allant de *La Marseillaise* à France Gall (« Résiste ! Prouve que tu existes ! »). La reprise par le rappeur Grand Corps Malade de la chanson de Michel Delpech *Dieu que Marianne était jolie* devint le tube de l'été. Pour passer le temps, les bals populaires firent leur grand retour dans les villages, tout comme les projections cinéma au grand air. Les intermittents du spectacle interrompirent les festivals et organisèrent avec les artistes de grands spectacles gratuits.

À vingt heures, tous les soirs, des millions de citoyens, résistants à leur façon, participèrent à un concert de casseroles qui fut, paraît-il, entendu par nos voisins européens.

Bref, le calme était partout ; la paralysie, presque absolue ; le désordre, parfait.

Highway to hell

PARIS, PRÉFECTURE DE POLICE,
19 AOÛT

« La violence n'exclut pas la ruse, et la ruse n'interdit pas la violence », avait conclu le préfet de police lors de la réunion en comité restreint qu'il organisait désormais chaque soir dans son bureau en présence de Virginie Trinh Duc, de la capitaine Meriem, du général Etchégarray et de quelques autres fonctionnaires de confiance.

Le général Etchégarray, qui avait pris le commandement des forces restées loyales envers la République, avait mis en place un dispositif d'encerclement fort simple autour de l'esplanade des Invalides. Les quelques officiers putschistes fidèles au lieutenant-colonel de Mirepoix s'y trouvaient barricadés dans les appartements cossus du gouverneur militaire.

Aux échecs, on tente d'acculer le roi dans un angle. Au jeu de go, on s'efforce d'encercler son adversaire afin de l'immobiliser. En fidèle lecteur de la *Guerre des Gaules*, de Jules César, le général Etchégarray avait donc établi une double enceinte. Un premier cercle, tenu par des militaires en armes, entourait les bâtiments dans lesquels les mutins s'étaient retranchés.

Des blindés en bloquaient les entrées, avec des mitrailleuses en soutien. Le second cercle constituait un périmètre beaucoup plus vaste. Réunissant des CRS et des gendarmes mobiles, il avait pour vocation de couper court à toute tentative d'intrusion de la part de supporteurs, armés ou non, qui auraient eu l'idée saugrenue de vouloir rejoindre les putschistes. Entre les deux lignes se trouvaient plusieurs postes de commandement et d'intendance, des cantines, un hôpital de campagne, des dépôts de munition et même des centres d'information destinés à la presse afin que les journalistes ne soient pas trop tentés de jouer à passe-muraille.

Cette technique de la double ligne, dont Jules César était friand et qu'il avait appliquée avec succès à la bataille d'Alésia notamment, fut mise en place autour des Invalides et du Sénat, ainsi impeccablement assiégés.

Une des toutes premières décisions d'Etchégarray fut de faire couper l'eau, l'électricité, le téléphone et internet. Des brouilleurs furent installés. La première nuit, il fit braquer d'énormes projecteurs sur les fenêtres puis il fit aligner en batterie des camions sono dirigés vers le bâtiment historique. Il choisit lui-même de diffuser une playlist particulièrement exténuante piochée dans les morceaux les plus *hard rock* de Metallica, d'AC/DC mais aussi des Fatals Picards et des Têtes raides, concession accordée à la ministre de l'Intérieur qui voyait là un excellent moyen de valoriser le patrimoine musical national. Histoire de jouer sur les nerfs des jeunes hommes retranchés à l'intérieur, il faisait tirer à blanc sur la cour d'honneur à n'importe quelle heure de la nuit ou du jour.

Au bout de quelques heures de siège, le général Etchégarray convoqua le meilleur artilleur de l'unité déployée autour des Invalides.

« Soldat, quand on est dans un bourbier jusqu'au cou, on n'en sort jamais propre. Donc, je vais vous donner un ordre qui va faire hurler tous les défenseurs du patrimoine de ce pays, mais je préfère encore abîmer des vieilles pierres plutôt que de risquer des vies humaines.

— Oui, mon général.

— Vous allez arroser le bâtiment au mortier léger toutes les vingt minutes en visant d'abord la cour d'honneur. Si ça tombe sur une statue de l'Empereur, tant pis. Si ça tombe sur des breloques, j'assume aussi. Tout doucement, vous vous rapprocherez du dôme…

— Là où reposent les cendres de Napoléon ?

— Exactement. Comme vous le constatez, soldat, je suis un guerrier féroce. Je suis prêt à pulvériser des cendres impériales, répondit avec un sourire ironique le général.

— À vos ordres, mon général. »

Le bombardement commença sous les yeux effarés des journalistes spécialement convoqués pour l'occasion. Ceux-ci soulignèrent en direct l'extrême détermination du général, qui n'hésitait pas à sacrifier le dôme doré des Invalides pour faire prévaloir la légalité.

*

Du côté du boulevard de la Tour-Maubourg, à l'ouest de l'esplanade des Invalides, Nina Meriem et ses hommes pistaient un petit groupe d'une demi-douzaine d'exaltés qui voulaient rejoindre les assiégés. La surveillance des réseaux sociaux mais plus encore celle des salles de boxe connues pour leurs liens avec l'extrême droite avaient permis de repérer une tentative d'intrusion. La capitaine Meriem avait réussi à faire infiltrer ce noyau dur d'activistes par l'un de ses hommes. Un dispositif conséquent mais discret avait été déployé.

Une camionnette appartenant à une entreprise de BTP devait servir de camion-bélier et enfoncer les barrières de protection. Le plan quelque peu rudimentaire élaboré par cette petite équipe consistait à lancer des fumigènes pour permettre de couvrir les quelques mètres les séparant des bâtiments.

À l'heure prévue, un véhicule s'engagea dans l'avenue. Mais une patrouille militaire passa par là de manière inopinée et lui demanda de s'arrêter pour un contrôle. Le conducteur, nerveux, sortit un pistolet-mitrailleur et commença à tirer en rafale sur les soldats, qui répliquèrent. Les hommes dans le camion sortirent par la porte coulissante en tirant. La capitaine Meriem donna l'ordre à ses hommes de faire feu également. Pendant dix bonnes minutes, les tirs fusèrent de part et d'autre. À bout de munitions, le petit groupe d'hommes, dont la plupart étaient blessés, finit par se rendre, levant les bras et claudiquant pour quitter leur abri de fortune. Ils furent immédiatement interpellés et menottés par les hommes de la DGSI.

Le siège tenait bon.

Réveil de la force

Toulon, hôpital militaire
19 août

Quand la présidente de la République reprit connaissance, la première chose qu'elle fit, en dépit des multiples tuyaux et fils qui partaient de son corps, fut de dicter à son aide de camp le message suivant :

J'ordonne aux officiers de retirer toutes les unités déployées sans l'ordre exprès de mon gouvernement. Je ne démissionnerai pas, je n'abandonnerai pas le mandat qui m'a été confié démocratiquement par les Français. Ceux qui se rebellent sont prêts à provoquer une guerre civile dont ils devront assumer toutes les conséquences.

Elle se fit filmer dans sa chambre d'hôpital en train de sermonner plusieurs ministres et son chef d'état-major particulier. Il fallait montrer que le pouvoir était là, actif, résolu, impitoyable. Elle n'eut pas de mal à forcer sa mauvaise humeur pour montrer qu'elle était en vie.

Le ministre de la Défense, qui s'était illustré par sa passivité, son attentisme et son incompétence, fut relevé de ses fonctions et remplacé par un diplomate de caractère, ambassadeur auprès de l'OTAN, qui était un spécialiste de tout ce qui touchait de près ou de loin à un armement militaire. Énergique mais souple, il engagea une grande tournée dans toutes les casernes de France et de Navarre afin de bien marquer l'emprise et la suprématie du pouvoir civil sur les forces militaires.

*

Le nouveau ministre nomma dans la foulée comme conseillère spéciale la professeure Sarah Effenberg, qui avait été très présente dans la gestion de la crise, prodiguant conseils avisés et fermes encouragements.

Après quelques heures de réflexion, elle s'était laissé convaincre. Épauler le nouveau ministre de la Défense n'allait pas être simple, mais passer de l'autre côté du miroir, du côté de l'action, l'amusait follement.

Négociations

PARIS, AMBASSADE DE SUISSE
20 AOÛT

L'ambassade de Suisse, située à proximité immédiate de l'hôtel des Invalides, se trouvait au milieu du dispositif politico-militaire imaginé par le général Etchégarray. L'ambassadeur, qui avait rejeté tout ordre d'évacuation, croyant faire preuve de courage, se proposa comme médiateur. Dans un geste purement tactique, ne voulant pas qu'on impute au gouvernement un refus de discuter, la ministre de l'Intérieur donna son accord, à condition que soit chargé de cette négociation le préfet de police, lequel avait reçu des instructions limpides : la reddition sans condition des rebelles, leur traduction devant la justice, des peines allégées pour les simples soldats, une grande sévérité pour tous les officiers.

Le préfet Richard Langlais savait ses interlocuteurs épuisés et excédés par le siège et la pression psychologique savamment entretenue depuis trois jours. La délégation adverse était composée du général Villard et d'un aide de camp. Sommairement installés dans une salle de réunion banale aux murs ornementés de drapeaux helvétiques et d'affiches promouvant les Alpes suisses et leurs fromages, les délégations se firent face dans un silence pesant. L'ambassadeur le rompit de quelques mots et l'échange commença.

« Nous sommes prêts à négocier une sortie par le haut, dans la dignité, grogna le général Villard.

— Quelles sont vos conditions ? questionna d'une voix d'une grande douceur le préfet de police, qui sirotait son thé vert en affectant une grande décontraction.

— L'amnistie pour les troupes. Une retraite pleine et entière pour les officiers les plus âgés. La possibilité de trouver refuge à l'étranger, avec un dédommagement financier pour les plus gradés.

— C'est non.

— Non, quoi ?

— C'est non, tout simplement. Non, tout court. Le gouvernement vous propose de vous rendre, sans condition. Vous vous rendez, vous rendez vos armes, et la justice décidera de votre sort, comme les lois de la République le prévoient.

— Vous vous moquez de nous ? Vous humiliez de braves soldats ! Des soldats qui ont rendu des services éminents à la France !

— Pour que les militaires soient utiles, il faut les empêcher d'être nécessaires, répondit le préfet Richard Langlais, paraphrasant Voltaire.

— Je ne vous permets pas ! rétorqua le général Villard.

— Et moi, je ne vous permets pas de prendre des libertés avec la Constitution, mon général.

— Nous sommes fidèles à la France.

— Tous les militaires sont fidèles à l'idée qu'ils se font de leur pays. Puis certains se font une idée sur la façon dont le pays devrait être gouverné. Tous les militaires qui se sont emparés du pouvoir par la force avaient auparavant juré fidélité au gouvernement… jusqu'au dernier moment, c'est-à-dire le moment où il faut en venir à la violence. Bonaparte, Franco, Pétain, Pinochet… L'histoire nous apprend à nous méfier des grandes proclamations.

— Vous êtes insultant !

— Juste réaliste et amateur d'histoire à mes heures perdues. Les militaires comme vous cherchent à s'emparer du pouvoir pour renforcer leur prestige, leur force, leur insatiable soif d'ordre et d'autorité.

— Nous sommes sortis des casernes pour sauver la patrie…

— "Sauveur de la Patrie"… Je ne crois pas au mythe du sauveur et de l'homme providentiel. Quand je vous écoute, vous et vos amis, je me dis que ça doit être une profession bien rémunérée, "sauveur", pour qu'il y en ait autant.

— Ça suffit. Je ne suis pas venu ici pour me faire humilier gratuitement. Vous n'êtes pas venu négocier ! s'étrangla le général.

— Si, votre reddition sans condition, rétorqua le préfet.

— Hors de question ! » hurla le général Villard, rouge de colère, avant de claquer la porte.

Sur ce, il fila aux Invalides, escorté par une poignée de fidèles soldats qu'Etché autorisa à passer.

À l'évidence, les vociférations continues du général ne furent pas considérées comme un signe de combativité, mais plutôt comme un cri de désespoir. Sous le regard désemparé de l'ambassadeur de Suisse, le dialogue, ou la tentative de dialogue, ou ce qui aurait pu être un dialogue, fut ainsi rapidement expédié. Le préfet Richard Langlais se rappela en sortant de l'ambassade ce précepte de Clausewitz : « l'anéantissement total des forces de l'ennemi doit toujours être la considération dominante ». Il ne s'était pas donné tout ce mal pour que ces zozos lui échappent. Couper les têtes de l'hydre, les enterrer, cautériser, et passer à autre chose. Voilà la seule stratégie possible.

Il fit reprendre les bombardements au mortier. Les enceintes sono crachèrent à nouveau du heavy metal, et les puissants projecteurs inondèrent les fenêtres de lumière blanche dès la nuit tombée.

Le général Villard avait beau être un officier charismatique capable de haranguer ses troupes avec talent, dans l'action il manquait cruellement d'organisation et de sens pratique. Ses brillantes idées de manœuvres tournaient à vide et finissaient en eau de boudin. Face à ce siège atypique, il ne savait quoi faire. Ils n'allaient pas tenter une sortie qui n'avait aucune chance de réussite. Et pour aller où ?

Dans la soirée, le général Villard demanda à pouvoir rejoindre le palais du Luxembourg afin de se concerter avec la présidente du Sénat et le préfet Van den Loos, ce qui lui fut accordé.

Reddition

PARIS, PALAIS DU LUXEMBOURG
21 AOÛT

Au Sénat, l'ordre régnait. Mais l'ordre régnait sur une Chambre haute désertée de ses habituels occupants. Le personnel civil s'était réduit au fur et à mesure que la crise avançait. La présidente du Sénat, qui s'était autodésignée présidente du comité de salut public, avait exigé une sécurité maximale autour du site et de sa personne. Aussi les grilles des jardins du Luxembourg avaient-elles été fermées, entraînant l'évacuation préalable de tout le personnel non indispensable qui tenait les kiosques, les points de restauration et autres balançoires payantes.

Le premier coup durement ressenti par les membres du comité de salut public fut la désertion du chef et de l'ensemble du personnel de cuisine. La présidente du Sénat et sa petite troupe pouvaient néanmoins compter sur les réserves et la cave. Si la cuisine perdit vite en qualité, celle-ci fut en revanche compensée par le nombre de grands crus débouchés. Pour garder le moral, on sortit même des château yquem de la réserve, qui furent bus avec une simple omelette au fromage, au romarin et au miel – les ruches du Sénat fournissaient en effet un miel d'une rare qualité.

Le deuxième coup dur fut le départ de la moitié des gardes républicains qui protégeaient le Sénat. Sensibles aux petits messages de leurs épouses et de leurs enfants restés dans leurs casernes parisiennes, la plupart d'entre eux se rendirent compte de la folie de l'opération de sédition, et surtout de son caractère ridicule. Le colonel qui était chargé de la sécurité du site et le préfet Van den Loos en furent réduits à assurer eux-mêmes un tour de garde et à effectuer des rondes, armés d'un petit pistolet qui n'aurait pas effrayé les joyeux bambins qui habituellement jouaient autour du grand bassin du parc du Luxembourg.

En définitive, ce qui devait être un soulèvement populaire se transforma en autoséquestration d'une vingtaine d'illuminés guidés par un trio d'exaltés. La présidente du Sénat, le général Villard et le préfet Van den Loos, dès qu'ils se croisaient, passaient leur temps à se hurler dessus et à écrire, chacun dans son coin, des déclarations martiales à l'attention du peuple de Paris. Mais, surtout, les apprentis putschistes ressentirent durement le mépris et la moquerie des Parisiens qui s'évertuaient à ridiculiser cette entreprise guignolesque. Des vieux messieurs chiquement habillés prenaient un malin plaisir à boire leur café face au palais en papotant gentiment avec des CRS venus d'Auvergne qui, pour passer le temps, finissaient par jouer aux cartes avec les badauds. Des amoureux se faisaient photographier devant les portes fermées. Des vendeurs de saucisses-frites et de chouchous prirent possession du boulevard Saint-Germain pour restaurer la meute de journalistes qui attendaient désespérément une issue dramatique à la crise. Mais le préfet Richard Langlais tenait bon : il ne donnerait en aucune façon l'assaut et laisserait les assiégés s'épuiser, inspiré en cela par l'un de ses prédécesseurs, le célébrissime préfet Lépine qui s'était débarrassé des ligues antisémites d'extrême droite en appliquant cette stratégie. Il rappelait à ses interlocuteurs pressés que la plus belle des victoires était celle remportée sans tirer un seul coup de feu.

Après une nuit de palabres et de considérations métaphysiques, la présidente du Sénat, le préfet Van den Loos et le général Villard finirent par se convaincre que l'intérêt suprême de la Nation commandait qu'ils mettent fin à leur aventure.

Le 22 août à sept heures du matin, dans la plus totale discrétion, les assiégés sortirent du palais du Luxembourg pour se rendre. Exténués, à bout de nerfs, ils furent conduits en urgence, mais sous bonne garde, à l'hôpital militaire Bégin à Vincennes.

Cyrano

PARIS, HÔTEL DES INVALIDES
22 AOÛT, 9 HEURES

Au centre de Paris, les soldats retranchés aux Invalides étaient de plus en plus démoralisés par leur isolement criant, le manque de sommeil et la fatigue. Les plus jeunes et les moins idéologues commençaient à se repentir de s'être laissé embarquer dans cette aventure sans issue, effrayés de l'avenir qui les attendait, et finalement impatients que cette mascarade finisse au plus vite.

Le lieutenant-colonel de Mirepoix, qui était un idéaliste à l'imagination trop enflammée par les codes d'honneur chevaleresque d'une autre époque, enrageait de son impuissance. Il tournait comme un ours en cage, buvait des litres de café, fumait cigarette sur cigarette, ne parvenant ni à s'asseoir ni à rester debout. Le centre du pouvoir politique n'avait pu être pris. Les ministères restaient loyaux. L'Intérieur résistait. Le ministère de la Défense ne bougeait pas. Il fallait se rendre à l'évidence, l'opération tournait au fiasco.

Lorsqu'il apprit qu'au Sénat ses « chefs » venaient de se rendre sans combattre, Guillaume de Mirepoix demanda à ses hommes de poser leurs armes et de sortir sans opposer de résistance lors de leur arrestation qui serait inévitable. Il ne voulait pas d'une débandade ou d'un inutile bain de sang. Il leur tint un bref discours dans lequel il rappela les valeurs de la France qu'ils avaient défendues ensemble. Leur geste ne serait pas oublié. L'avenir leur donnerait raison. Forcément. Il salua ses soldats par un garde-à-vous plein d'émotion puis leur donna l'ordre de sortir du bâtiment.

Un à un, les soldats sortirent en levant les bras et se laissèrent interpeller. De Mirepoix vérifia qu'il était bien seul. Sortit son pistolet. Le pointa contre sa tempe droite et tira. Un coup sec retentit. Tout le monde en comprit la signification.

« Le con ! » s'exclama le général Etchégarray.

Le préfet Langlais, qui observait la reddition des soldats, ne fit aucun commentaire. Il songea aux derniers vers de *Cyrano de Bergerac* : « On ne se bat pas dans l'espoir du succès. Non, c'est encore plus beau lorsque c'est inutile. » Il ne trouva cependant aucune beauté dans ce suicide, pas plus que de courage. Le courage et l'honneur eussent commandé d'expliquer et d'assumer son geste devant un tribunal militaire ou civil. Le suicide de de Mirepoix n'était finalement qu'une marque de mépris supplémentaire à l'égard de la justice de son pays. C'était un geste plein d'orgueil, un orgueil militaire poussé jusqu'au bout, incompatible avec les conceptions démocratiques du pays.

Au bout d'une semaine, le *putsch* militaire avait été définitivement maté.

Restait que le Premier ministre demeurait toujours introuvable, malgré les recherches menées.

Quatrième partie
Opération Roncevaux

« La lucidité est la blessure la plus rapprochée du soleil. »

René Char

Note de l'éditeur : nous reproduisons ici in extenso *les notes prises par le Premier ministre Flavio Lumaya durant sa période de captivité. Nous avons souhaité les mettre à disposition du grand public sans autre commentaire. Écrites dans l'urgence, sous l'effet de l'espoir ou du désespoir, elles apportent au lecteur un éclairage nouveau sur des événements qui n'ont pas tous été complètement élucidés.*

Non datées, elles sont présentées dans leur ordre d'écriture.

*

Fragment n° 1

DATE INCONNUE

JE NE DÉBUTERAI PAS CE CARNET PAR UNE NOTE D'ESPOIR. JE PENSE QU'IL FAUT QUE JE COMMENCE À ME PRÉPARER À MOURIR, J'INCARNE TROP DE CHOSES QUE CES BRUTES DÉTESTENT.

Ce n'est pas la mort mais l'incertitude de la mort qui m'est insupportable. Ce qui est insupportable, c'est d'être en vie mais de se savoir condamné tout en ignorant la date de l'exécution.

Je crois que je ne crains pas la douleur. Mais je crains pour mes nerfs. Je ne veux pas faire le plaisir à ces salauds de flancher au dernier moment. De finir la gueule ensanglantée dans les insultes, le ridicule et les moqueries.

Pyrénées

Hautes-Pyrénées, Barèges
24 août

La dernière fois que le Premier ministre avait donné des signes de vie, c'était à Gan. On supposait qu'il avait été kidnappé par une petite équipe de professionnels, très organisée, dotée de moyens importants et connaissant bien les procédures de sécurité et de protection des hautes personnalités. Dans le millefeuille territorial qui fait le charme de l'Administration française, c'était le préfet des Pyrénées-Atlantiques qui était censé coordonner depuis son bureau les efforts de recherche. Hélas, la pagaille était de mise. Selon une tradition régionale bien établie, les élus avaient souhaité contribuer à ce noble effort, faisant valoir leur connaissance hors du commun du territoire, de ses hommes, de ses femmes, de ses arbres et de ses montagnes. Un député, que personne, mais vraiment personne, ne pouvait ni ne voulait contrôler, se souvint qu'il avait été berger dans sa jeunesse avant d'entrer en politique. Il lança sans en avertir quiconque au préalable une « grande marche dans les montagnes, d'Oloron à Foix » pour retrouver le Premier ministre. Il en appela pour cela aux bergers, aux guides de haute montagne, aux moniteurs de ski, aux randonneurs amateurs… au grand désespoir des forces de sécurité qui essayaient tant bien que mal de retracer le parcours des kidnappeurs.

Pour ne pas être en reste, le commandant des pelotons de gendarmerie de haute montagne mobilisa ses collègues des autres massifs pour obtenir du renfort, et lança lui aussi toutes ses troupes dans les contreforts pyrénéens à la recherche du moindre indice. Du côté espagnol, la Guardia Civil fut mobilisée pour boucler tous les points de passage et ratisser toutes les zones qui auraient pu être atteintes par des véhicules légers dans la nuit du 15 au 16 août.

Les images satellite de la soirée du 15 août obtenues par croisement avec la coopération de différents pays amis ne révélaient rien d'anormal. On supposait que le bouclage des routes et le déploiement des gendarmes sur zone n'avaient pas permis aux ravisseurs d'aller beaucoup plus loin qu'un périmètre de cent voire cent cinquante kilomètres.

Après une semaine de recherches intenses, force fut de constater que rien ne progressait. Pas une piste, pas un indice. Comme si le Premier ministre s'était volatilisé. Les commentateurs commençaient à laisser entendre que le chef du gouvernement n'était probablement plus en vie. Les Pyrénées n'étant ni le Sahel ni l'Afghanistan, il était difficile de s'y cacher autant de temps sans laisser de trace. La possibilité d'une exécution sommaire puis d'une fuite devait donc être désormais étudiée comme la piste la plus vraisemblable.

Le général Jean-Pascal Etchégarray, fort de sa connaissance des lieux, proposa de se rendre sur place pour coordonner les recherches. Il posa trois conditions : *primo*, disposer d'un lieu de commandement unique couvrant l'ensemble de la chaîne pyrénéenne. *Deuxio*, que les ministères de l'Intérieur et de la Défense détachent temporairement leurs meilleures équipes placées directement sous son contrôle. *Tertio*, qu'on impose un confinement généralisé sur les départements concernés.

Etchégarray arriva à l'aéroport de Tarbes par un vol militaire spécial le 24 août. Il installa son poste de commandement dans les montagnes, à Barèges exactement, au milieu des pistes de ski, inanimées en cette période estivale. Il avait positionné l'autre partie de son équipe de recherche plus à l'ouest, du côté d'Oloron-Sainte-Marie, paisible sous-préfecture qui n'était troublée que par les manifestations des pro- et des anti-ours, et par les matchs de rugby. Il pensait ainsi pouvoir intervenir avec rapidité à l'intérieur d'un large quadrilatère que fermaient la frontière espagnole et le gave de Pau.

Fragment n° 2

Date inconnue

Pour seule lecture, mes geôliers m'ont « offert » un exemplaire en mauvais état des Essais de Montaigne trouvé je ne sais où. Je pensais y puiser du réconfort, un peu d'humanité. J'y découvre cette phrase, comme un coup de poignard : « Le bien public requiert qu'on trahisse et qu'on mente et qu'on massacre. »

Est-ce ainsi qu'il faut gouverner un pays ?

Usual suspects

Paris, palais de l'Élysée
25 août

Dans le bunker ultrasécurisé de l'Élysée commença la réunion de crise dirigée par le coordonateur national du renseignement et le directeur de cabinet de la présidente de la République, en présence de la directrice générale de la sécurité intérieure Virginie Trinh Duc et de la capitaine Nina Meriem. Virginie Trinh Duc prit la parole la première :

« Mes services ont repéré une dizaine de suspects appartenant à l'armée française et dont nous sommes sans nouvelles. L'ensemble des soldats avaient jusqu'à hier pour se présenter devant leur chef d'unité. Si on met de côté les déserteurs partis à la plage, ceux qu'on a déjà arrêtés, et si on se penche sur ceux dont le profil est le plus inquiétant, on obtient la liste qui va suivre. Je laisse la capitaine Meriem vous les présenter.

— Merci, madame la directrice générale. »

Faisant défiler des visages sur un écran géant, Nina présenta le pedigree de chacun des hommes suspectés :

« Alan V. est un jeune militaire stationné en Savoie, mais participant actuellement à la mission Sentinelle. Il a été repéré par une photo de son avant-bras sur lequel est tatoué "Meine Ehre heisst Treue", que l'on peut traduire par "Mon honneur s'appelle fidélité", c'est-à-dire la devise gravée sur la boucle de ceinture des SS en référence à leur fidélité absolue à Adolf Hitler. Yann G. s'affiche depuis 2016 sur les réseaux sociaux avec des vêtements portant le logo du réseau nazi Blood and Honour, dont le nom provient de la devise des Jeunesses hitlériennes, *Blut und Ehre*. Je rappelle que le Conseil des ministres a dissous une association du même nom en juillet 2019. Rurik R. est sergent au 2e régiment d'infanterie de marine. Signe distinctif, il s'est fait tatouer dans le dos une grande croix celtique surmontée du mot "Blanc" écrit en russe. On connaît sa correspondance avec des groupes suprémacistes américains grâce à nos amis du FBI. François D. fait partie du 13e bataillon de chasseurs-alpins lui aussi. Il a été photographié à plusieurs reprises par mes services en train de fanfaronner, le bras tendu dans un salut hitlérien caractéristique, à l'occasion de matchs de football à Lyon. D'après nos informations, il serait militant de l'Edelweiss, une antenne du groupuscule Bastion social également dissous en avril 2019 par le Conseil des ministres. Il a été condamné pour l'attaque, en octobre 2017, d'un concert de la fédération anarchiste locale. Puis à nouveau, en 2018, pour avoir roué de coups un jeune militant antifasciste à la sortie d'un bar sur les quais de Saône à Lyon. Rodion K., légionnaire, grade de caporal, a pu être identifié par ses photos sur le réseau social russe VK, où on le voit arborer un T-shirt rouge avec une croix gammée noire, laissant peu de doute sur ses convictions politiques. Des informations transmises par les services italiens nous confirment sa participation à des soirées organisées à Turin et à Rome dans les locaux de CasaPound, un mouvement néofasciste italien. On le voit ici, à l'écran, dans les tribunes, portant le maillot de la Lazio de Rome, tenir une banderole raciste insultant un joueur d'origine albanaise de sa propre équipe. Maxime P. et Teddy M. ont été tous les deux soldats au 2e régiment étranger de parachutistes. Le premier s'affiche avec des tatouages assez explicites, comme un soleil noir sur l'épaule – symbole couramment utilisé par l'ésotérisme nazi –, l'insigne SS sur les poignets ainsi que les chiffres 88 sur les doigts – référence à la 8e lettre de l'alphabet, pour *Heil Hitler*. Tedddy M., pour sa part, a ornementé son corps, si j'ose dire, d'une *Totenkopf* – emblème d'une division de la Waffen SS notamment affectée à la garde des camps d'extermination nazis. Les deux hommes ont fréquenté un groupuscule parisien répondant au nom de Zouaves Paris, où ils apparaissent sur plusieurs photos avec le fondateur du groupe Combat 18. Valentin D., ancien militaire du 17e régiment du génie parachutiste, a été repéré pour son activisme au sein du groupe néonazi Arsouille Naoned basé à Nantes et pour son implication dans l'agression d'une militante LGBT. Il fréquente régulièrement les rings et a participé à un tournoi de boxe organisé par Génération identitaire, organisation dont le Conseil des ministres a décidé la dissolution en mars 2021. Sur les réseaux sociaux, il affiche une admiration sans limites pour Brenton Tarrant, le terroriste auteur de l'attentat contre les deux mosquées de Christchurch en Nouvelle-Zélande – à l'origine de cinquante et un morts, je le rappelle. Enfin, nous sommes toujours à la recherche de l'adjudant-chef Gustav D., un ancien de la Légion étrangère, d'origine roumaine. Il a été radié des cadres pour l'agression d'un videur dans une boîte de nuit à Toulon. Le dossier militaire de ce soldat nous apprend qu'il entretenait des liens étroits sur les réseaux sociaux avec plusieurs personnalités d'extrême droite et qu'il disposait de contacts aux États-Unis et en Russie. On suspecte Gustav D. d'avoir organisé la mise en relation de ces hommes avec l'aide logistique et financière du réseau Verbo, dont le principal leader était l'ex-lieutenant-colonel de Mirepoix. »

La capitaine Nina Meriem acheva le briefing en répondant à quelques questions. Elle échangea avec sa patronne un petit sourire de satisfaction. La DGSI avait effectué un solide boulot de renseignement.

Le général Etchégarray, qui participait à la réunion en visioconférence depuis son QG de Barèges dans les Hautes-Pyrénées, compta donc neuf hommes. Une petite équipe aguerrie. Robuste. Soudée sur le plan idéologique par la matrice de la haine de l'autre. Un commando dangereux, spécialiste de la survie et du combat en haute montagne. Comme il le pressentait, ces hommes n'avaient probablement pas cherché à s'enfuir à l'étranger ou à rejoindre une métropole urbaine dans laquelle ils ne bénéficieraient d'aucun avantage. Non, de toute évidence, ils avaient dû aller se terrer dans un environnement dont ils maîtrisaient les codes et les règles.

La montagne.

Fragment n° 3

Date inconnue

Faire de la politique suppose de faire des concessions. Mais tout l'art de gouverner réside dans la capacité à céder sur l'accessoire pour tenir bon sur l'essentiel.

Peut-être avons-nous voulu aller trop vite, trop fort, trop loin ?

Peut-être aurions-nous dû faire preuve de plus de pédagogie et d'écoute ?

Début de traque

Hautes-Pyrénées
26 août

Toute chasse peut être divisée en trois temps. L'affût, tout d'abord, doit se gérer avec patience et doigté. Attendre, ralentir, observer, guetter, puis saisir l'occasion d'agir au bon moment. Vient alors le moment de la traque. La traque, c'est-à-dire obliger l'adversaire à se presser, à changer ses plans, à abandonner son propre rythme et sa stratégie pour parer au plus pressé. La hâte fait commettre des erreurs fatales. Et puis enfin, l'hallali, la charge, l'attaque, de toutes ses forces et à toute vitesse, pour anéantir la proie.

Jean-Pascal Etchégarray avait donc organisé la traque. Il avait défini un premier périmètre de cent cinquante kilomètres autour du lieu du kidnapping. Dans cette zone verte, occupée par la gendarmerie et la police, il s'agissait de recueillir le maximum d'informations sur des déplacements suspects, des visiteurs anormaux, des modifications inattendues de consommation ou des travaux inexpliqués dans des bâtiments. Un travail de fourmi commença auprès de la population, des artisans et des commerçants. Les locaux n'étaient guère loquaces. Ils disaient rarement non à une requête, faisaient mine d'approuver d'un vague rictus, mais peu de choses ressortaient des entretiens. Un deuxième périmètre, dit rouge, couvrait les zones les plus inhospitalières des Pyrénées. La population y avait été confinée – sans grande protestation. Les satellites espions français et alliés scrutaient le terrain à des milliers de kilomètres afin de détecter tout mouvement inattendu. L'armée s'était déployée dans la région. Les unités de chasseurs alpins avaient été sollicitées pour aller vérifier chaque hameau, chaque abri de berger, chaque refuge de haute montagne, chaque appartement accueillant l'hiver des familles de skieurs. Le général Etchégarray avait également obtenu des renforts. La capitaine Nina Meriem de la DGSI avait été détachée à ses côtés. Elle traquait elle aussi ce groupe de ravisseurs depuis le début de son irruption dans la vie politique française sous le nom de Martel 732. Charles Martel, les Pyrénées… Il ne manquait plus que le Roland de Roncevaux… Il donna donc le nom de « Roncevaux » à son opération de traque, en espérant que le Premier ministre trouve autant de courage dans les cimes que le neveu de Charlemagne. Lorsque la capitaine Nina Meriem lui fit remarquer que la *Chanson de Roland* s'achevait fort mal, il répondit sobrement, le visage lugubre :

« Je sais. Mais il n'est pas nécessaire d'espérer pour entreprendre, ni de réussir pour persévérer. »

Plus de dix jours après le rapt, sans nouvelles du Premier ministre, l'espoir d'une issue heureuse se réduisait d'heure en heure.

Ultimatum

Pyrénées
27 août

Une vidéo postée sur Twitter affola la France. On y voyait Flavio Lumaya, les traits tirés, le visage boursoufflé, vêtu d'une chemise déchirée et tachée, ânonner un texte qu'il lui était demandé de lire :

« Si la présidente de la République ne démissionne pas d'ici vingt-quatre heures afin de provoquer de nouvelles élections, si tous les soldats emprisonnés pour des raisons politiques en raison de leur participation aux événements du 15 août ne sont pas relâchés, il s'ensuivra des conséquences terribles. Je vous supplie de faire entendre raison à l'Élysée et au gouvernement. »

Lorsqu'ils prirent connaissance de la vidéo, le général Etchégarray et la capitaine Meriem ne furent pas complètement surpris. Les ravisseurs ne pouvaient probablement plus tenir très longtemps dans leur tanière. Une dizaine d'hommes en montagne ne passent pas inaperçu. Ils doivent bien à un moment ou un autre se réapprovisionner. La zone était quadrillée.

C'était, en vérité, une course contre la montre qui était engagée.

Fragment n° 4

Date inconnue

La démocratie parfaite n'existe pas. Elle ne peut exister, car ce qui la caractérise, c'est son caractère flexible et perfectible. Elle est un idéal à atteindre.

Cachés

Laruns, lac de Fabrèges
27 août

C'est un jeune garçon qui donna l'alerte. L'adolescent avait l'habitude de se réfugier dans les grottes pour fumer en cachette des cigarettes, boire un peu d'alcool, et surtout impressionner les filles de son lycée en les faisant descendre dans l'obscurité. Sa jeune amie, âgée comme lui de dix-sept ans, avait accepté cette escapade par goût de l'interdit. Ils n'allaient pas rester enfermés chez eux encore des semaines et des semaines alors que le temps était merveilleux et la montagne si belle. Ils n'allaient quand même pas renoncer à leurs envies, à leurs amours, à leurs libertés… Les ados avaient donc réussi à échapper à la vigilance de leurs parents… et des douaniers censés contrôler cette zone frontalière avec l'Espagne. Alors que les jeunes commençaient à profiter d'un peu d'intimité pour échanger baisers et caresses maladroites, le garçon remarqua que la petite porte qui donnait accès aux grottes creusées dans la montagne par les ingénieurs d'EDF pour la confection d'un barrage hydraulique était maintenant fermée. Cherchant à la forcer, il crut entendre des chuchotements et entrevoir de la lumière à travers la serrure. Les jeunes gens perçurent alors comme un cri, vite étouffé. Courageux mais pas téméraires, ils s'enfuirent rapidement et racontèrent leur mésaventure à leurs parents, qui contactèrent le maire de la commune, qui appela le sous-préfet, qui rendit compte au préfet, qui prévint le général Etchégarray.

Des soldats du GIGN attrapèrent leur équipement à toute vitesse et foncèrent dans leurs hélicoptères.

Fragment n° 5

Date inconnue

Finalement, le moment de la victoire est aussi celui du plus grand péril. L'allégresse est mauvaise conseillère. Dans l'euphorie du succès, un excès de confiance vous pousse à aller toujours plus loin, au-delà de ce qui est, pour d'autres, supportable.

Rien ne remplace une programmation prudente mais rythmée et inexorable des réformes à conduire. Si l'alternance exige une forme de changement brutal, elle peut aussi être la cause d'une réaction disproportionnée et violente.

Accrochages

PYRÉNÉES
28 AOÛT

Le site de la grotte fut rapidement bouclé. Un dispositif conséquent de barrages, de motards et de *checkpoints* fut mis en place dans toute la zone. La modeste route départementale 934 se transforma en longue autoroute occupée par une succession de véhicules blindés, de camions militaires et d'ambulances. Trois heures après, le GIGN donna l'assaut en défonçant la porte fermée à clé de la petite grotte. Les grenades fumigènes qui devaient obliger les retranchés à se rendre n'eurent aucun effet.

Dans le noir, les militaires avancèrent à pas comptés, éclairant les parois et tenant en joue toute cible potentielle. La capitaine Meriem suivait la colonne d'assaut à une dizaine de mètres en arrière seulement.

Au bout de cinq minutes de progression, ils tombèrent sur un camp abandonné. Des lits picots, des duvets, des réchauds, des provisions, des cartes, des ordinateurs, des appareils radio… Des toilettes sèches de fortune avaient été installées dans un coin. Ils trouvèrent aussi un point d'eau, qui avait dû servir plus ou moins de douche. Des armes avaient été laissées sur place, des fusils d'assaut américains AR-15, des armes de poing et trente kilos de munitions. Autant de preuves que la grotte avait été abandonnée précipitamment.

Nina Meriem appela le général Etchégarray :

« On les a ratés de peu. Ils ont laissé sur place beaucoup de matériel.

— La traque progresse. Je les sens aux abois. Faites ratisser les environs, ils ne doivent pas être très loin.

— Je pense qu'ils ont pris la direction de la forêt pour masquer leur déplacement précipité.

— Hum… Probable. »

Fragment n° 6

Date inconnue

Chacun de nous est prisonnier d'une chaîne d'événements largement antérieurs au moment présent.

Bergerie

Pyrénées-Atlantiques, Bedous
29 août

Dans la nuit, un petit groupe d'hommes s'était faufilé à l'extérieur de la grotte par une sortie annexe, à l'opposé de l'entrée principale connue des habitants. En l'absence de lune, les hommes avaient marché à tâtons. L'un d'entre eux, bâillonné et menotté, suivait avec difficulté. Flavio Lumaya n'avait jamais été très sportif. Les conditions de captivité très spartiates l'avaient épuisé. Il recevait régulièrement des coups de crosse dans les côtes. Un bâillon sommaire l'empêchait de crier. Ils arrivèrent au bout de deux heures de marche dans une bergerie, où ils s'arrêtèrent pour passer la fin de la nuit.

La progression du petit groupe ne passa cependant pas complètement inaperçue. Les vieux du village voisin, qui dormaient peu et profitaient de la fraîcheur nocturne pour sortir les chiens, repérèrent cet étrange groupe qui troublait le pâturage des brebis.

*

À six heures du matin, un vacarme métallique fit sursauter tous les hommes qui s'étaient assoupis dans la bergerie. Quatre blindés et des unités de parachutistes bloquaient désormais les chemins d'accès à leur abri. Des tireurs d'élite des forces spéciales étaient sûrement embusqués. La sentinelle des fuyards avait été neutralisée par un sniper équipé d'un silencieux. Un tir d'expert, réalisé à bonne distance, sans aucun son, à peine le bruit d'un soupir.

Le général Etchégarray, arrivé sur les lieux, entreprit les négociations depuis un véhicule blindé. Il hurla dans son mégaphone des ordres qui ne souffraient aucune contestation.

« Ici le général Etchégarray, chef d'état-major des armées. Soldats, rendez-vous ! Vous êtes cernés ! Libérez le Premier ministre : vous n'avez aucune chance de vous échapper, mais vous avez encore une chance de faire preuve de discernement, de responsabilité. Rendez-vous dans l'honneur et vous serez traités avec décence et compréhension.

— Hors de question », répondit l'un des gaillards avec un fort accent étranger.

Celui qui se faisait appeler Gustav apostropha Etchégarray :

« Mon général, si on en est là, c'est parce que les généraux comme vous n'ont pas de couilles ! On les castre quand ils sont colonels ! Si vous aviez du courage, vous seriez à nos côtés et pas avec tous ces traîtres. »

Les hommes dans la bergerie firent feu en direction des véhicules blindés, visant plus particulièrement celui du général. Les soldats embusqués autour de la bergerie ripostèrent avec parcimonie.

« Autorisation de tir pour les seuls cas de légitime défense et sur les seules cibles hostiles dûment identifiées », indiqua le général.

Trois des hommes postés dans la bergerie tombèrent quelques secondes après, sous les tirs des unités d'élite de l'armée française.

Sur ce, Flavio Lumaya, auquel il restait un semblant de force, comprit qu'il lui fallait à tout prix sortir de là. Il profita de la confusion pour asséner un violent coup de tête à l'un de ses geôliers et réussit à enclencher la poignée d'une des portes donnant sur un abri extérieur. Sous le soleil naissant, il se mit à ramper, puis à courir, en claudiquant, épuisé, les mains toujours menottées, en direction des soldats. Nina Meriem bondit aussitôt hors de sa voiture blindée.

Gustav s'aperçut que son prisonnier lui échappait. Le Premier ministre, c'était son assurance-vie, le seul atout qu'il avait encore en manche pour ne pas croupir tout le reste de sa vie en prison. Il se mit à sa poursuite sous les tirs du GIGN qui maintenant avançait vers la bergerie en colonne, derrière un bouclier de protection. Mais Flavio Lumaya était désormais hors de portée.

Perdu pour perdu, Gustav décida qu'il fallait faire un exemple. Qu'il devait impérativement envoyer un message à l'élite politique dépravée de ce pays. Il s'arrêta. Un bref instant. À sa gauche, à vingt mètres, il vit une jeune femme en jean, casquée et portant un gilet pare-balles noir, pointer vers lui son pistolet.

« Stop, lâchez votre arme ! » hurla-t-elle.

Gustav la regarda, et, dans un sourire, tira trois fois en direction du Premier ministre, qui s'effondra. Nina Meriem répliqua par une rafale de balles qui s'abattirent sur le torse du colosse, qui tomba dans l'herbe fraîche. Elle courut à toute vitesse vers le corps de Flavio Lumaya. Un cratère rouge s'était figé au niveau de sa tempe, ne laissant espérer aucune chance de survie.

Retour de chasse

Pyrénées-Atlantiques, Bedous
29 août

Une nuée d'hélicoptères entourèrent le site. L'authentification des corps confirma les renseignements fournis par la capitaine. Les tatouages néonazis, racistes et antisémites, ne laissaient aucune place au doute. Sur plusieurs d'entre eux on trouva tatouée l'inscription Martel 732 entourée de glaives, de boucliers ou de fusils. Aucun des ravisseurs ne s'était rendu. Tous étaient morts en combattant, conformément à la mystique chevaleresque qu'ils vénéraient.

Le général Etchégarray regarda les corps partir dans des véhicules avec une immense tristesse.

« Je ne connais rien de plus horrible que de tirer sur d'anciens compagnons d'armes, dit-il à voix basse.

— Pourtant, il le fallait, répondit Meriem. Eux n'auraient pas hésité une seconde à vous exécuter.

— Peut-être. Vous avez eu de la chance, tout à l'heure, capitaine. Plusieurs de ces hommes ont fait feu vers vous.

— Et malgré cela, nous avons échoué.

— Pas complètement. Le commando a été mis hors d'état de nuire. Nous avons rétabli l'ordre et la sécurité. »

Il était clair que par « chance » il entendait « courage », mais les compliments étaient ce que le général distribuait avec le plus de parcimonie. La capitaine Meriem et le général regardèrent les montages qui se découpaient sur l'horizon. Le calme avait succédé au fracas des armes à feu et des sirènes.

L'opération « Roncevaux » s'achevait dans la tristesse et l'amertume.

Fragment n° 7

Date inconnue

La démocratie meurt de nos petits calculs, de nos grandes lâchetés, mais surtout de nos renoncements quotidiens. La foi dans la démocratie impose tout à la fois écoute et dialogue avec les citoyens, et audace dans l'action publique. Notre République souffre d'une gestion au jour le jour sans perspective ni grand dessein des affaires de la cité. Tout cela n'est pas qu'une affaire d'institutions, il existe une cause plus profonde : le manque de civisme qui caractérise notre époque.

La flamme de la démocratie réside dans l'engagement et la vertu des citoyens.

Il y a tant de Bastille encore à conquérir.

*

Note de l'éditeur: les « fragments » rédigés par le Premier ministre Flavio Lumaya s'achèvent sur cet appel à l'engagement et à la vertu civique.

Cinquième partie
Vermine

« Un Prince doit, quand il le peut, entretenir adroitement quelques inimitiés pour acquérir, en les écrasant, une grandeur plus considérable. »

Machiavel

Secret défense

Paris, hôtel Matignon
10 avril 1962

Compte rendu de réunion

Objet : plan « Vermine »

Le Premier ministre M. Michel Debré ouvre la réunion en rappelant que les institutions de la Ve République ont tenu bon malgré la tentative de putsch en Algérie en avril 1961. L'autorité du général de Gaulle a permis de contrecarrer rapidement une initiative inadmissible d'atteinte au pouvoir civil démocratique. Si la fidélité de l'armée à la République n'est pas remise en cause, cette crise a mis en lumière la nécessité d'anticiper et de préparer une réponse opérationnelle face à une tentative de sédition de la part d'une ou de plusieurs unités militaires dont les chefs entreraient en rébellion.

Le ministre des Armées, M. Pierre Messmer, se permet d'indiquer qu'il ne partage pas cette thèse.

Les officiers généraux entrés en dissidence en Algérie n'ont pas été suivis par leurs troupes, et encore moins par les jeunes appelés du contingent, qui ont spontanément refusé de prêter main-forte à un mouvement insurrectionnel. Selon lui, l'armée française sort plutôt grandie de cet épisode dont on a probablement exagéré la menace.

Le ministre de l'Intérieur, M. Roger Frey, pour sa part, partage l'inquiétude du Premier ministre et considère que même si le danger a été écarté, il n'est pas impossible que la France soit à nouveau travaillée un jour par un de ces coups de force dont son histoire est riche. Du reste, les incertitudes inhérentes à la vie démocratique appellent à la prudence.

Le secrétaire général pour les affaires africaines et malgaches, M. Jacques Foccart, souligne la tentation permanente des ennemis de la France d'instrumentaliser les forces centrifuges et les mouvements révolutionnaires communistes en Afrique pour déstabiliser notre pays. Il suggère au gouvernement de prévoir toutes les mesures utiles sur le territoire national. Il considère de même qu'un plan d'ensemble destiné à débusquer puis à arrêter les officiers présentant une menace pour la sécurité nationale devrait être rédigé au plus vite par les services de renseignement.

*

Postérieurement à la réunion, les mesures suivantes sont entérinées :

1. L'élaboration d'un plan, intitulé « vermine », visant à définir une doctrine et des mesures pour prévenir et contrer les tentatives insurrectionnelles.

2. Seules les plus hautes autorités politiques (PR, PM, ministre de l'Intérieur, ministre des Armées) auront à en connaître l'existence.

3. La rédaction de ce plan est confiée à la direction de la surveillance du territoire (DST) sous la supervision du ministre de l'Intérieur.

4. Ce plan devra être régulièrement révisé et mis à jour. Le secrétaire général à la défense nationale, en cours de création, est chargé de cette mission.

5. Le ministère des Armées est invité à collaborer à ces travaux. Il est notamment chargé de transmettre toutes les informations pertinentes, mêmes classées confidentielles, à la DST.

Signé, le secrétaire général
du gouvernement

Chaban

PARIS, HÔTEL MATIGNON
15 SEPTEMBRE 1969

Le nouveau Premier ministre, Jacques Chaban-Delmas, ne comprenait pas bien la signification de ce rendez-vous impromptu alors qu'il s'apprêtait à finaliser le discours de politique générale qu'il devait prononcer le lendemain à l'Assemblée nationale. Le ministre de la Défense nationale, Michel Debré, entra dans le bureau accompagné de son collègue ministre de l'Intérieur, Raymond Marcellin, un Breton massif qui déploya sa carcasse sur le petit canapé de cuir que le maître des lieux avait installé dans son bureau.

« Bonjour messieurs les ministres, j'ai peu de temps à vous accorder et j'en suis désolé, mais je dois boucler l'écriture d'un discours important. Il y a derrière cette porte des conseillers impatients qui veulent lancer avec moi une grande vague de modernisation dans notre pays… Une nouvelle société !

— Nous sommes venus vous présenter un dispositif ultra-confidentiel… mais que vous devez absolument connaître. Il s'agit d'un dispositif de contre-insurrection visant à répondre à un mouvement de rébellion d'officiers putschistes.

— Poursuivez », encouragea Chaban-Delmas.

Sans entrer dans les détails, Michel Debré lui exposa la nature d'un plan conçu pour faire face à une sécession d'une partie de l'Armée française. Il s'agissait à la fois de mener une surveillance discrète pour identifier la menace, puis d'obliger l'adversaire à se dévoiler pour le pousser à la faute. C'était le travail des services secrets, et plus particulièrement de la DST.

Le serpent sorti de sa tanière, il convenait de le terrasser par la force et la vitesse. En gros, pour protéger la capitale et les institutions, une unité blindée située à proximité de Paris devait se déployer au plus vite pour prendre le contrôle de carrefours et de lieux stratégiques. La légendaire 2e division blindée de Leclerc avait été désignée pour cela. À sa tête serait systématiquement affecté un officier général connu pour son attachement absolu à la République, un admirateur de Clemenceau, un franc-maçon notoire ou supposé, un lettré féru de droit public… Autrement dit, un glaive au service de la légalité.

Dans le même temps, le préfet de police devait s'assurer de l'absence de troubles à l'ordre public et de soulèvement révolutionnaire. Les barricades dans les rues de Paris effrayaient les bourgeois et excitaient les réactionnaires. Il fallait user de la stratégie du boa constrictor : isoler puis étouffer progressivement la proie. Enfin, les forces spéciales étaient chargées de donner le coup de pouce final pour en finir avec les putschistes ayant refusé de se rendre.

Chaban-Delmas approuva le plan d'un sourire. Il se leva pour raccompagner ses interlocuteurs.

« En somme, nous préparons d'un côté une "nouvelle société", et de l'autre de vieilles barbouzeries. Mais on ne gouverne pas un pays comme le nôtre avec des enfants de chœur ! Considérez que j'approuve ce plan, mais que mon nom n'apparaisse pas. Bon retour dans vos ministères respectifs… »

Retex

Versailles, résidence de La Lanterne
1er septembre

Virginie Trinh Duc était pour la première fois conviée dans cette résidence officielle, historiquement attribuée au Premier ministre mais sur laquelle les présidents de la République avaient mis la main. Il est vrai qu'avec sa piscine, son court de tennis et sa terrasse ensoleillée à proximité immédiate des jardins du château de Versailles, elle permettait de passer des week-ends agréables à l'abri des regards extérieurs. Elle trouva la présidente de la République, très pâle, installée dans un sofa vert clair, emmitouflée dans plusieurs couvertures de soie en dépit de la température de l'été déclinant.

« Madame la Présidente ?

— Ah… c'est vous.

— Oui. Je voulais, maintenant que la crise est passée, revenir tranquillement sur les événements de ces dernières semaines.

— Franchement, nous avons eu notre lot de complots et de conciliabules secrets. Je ne pensais pas que la détestation autour de ma personne et de ma politique entraînerait l'opposition et une partie de l'armée à de telles extrémités. Vous connaissez mon attachement à Jean Jaurès, moi qui suis l'élue de Carmaux dans le Tarn. J'ai relu son ouvrage, *L'Armée nouvelle*. L'armée ne peut être que l'instrument de la Nation. Une armée de citoyens au service de la démocratie. Lorsqu'elle sort de ce rôle, tous les dangers sont possibles.

— Exact. D'où l'intérêt d'identifier les fauteurs de trouble… C'était bien pour se prémunir de cela que nos prédécesseurs ont mis sur pied le plan Vermine.

— Oui, mais vous êtes allés loin sur le plan humain.

— C'était inévitable. À partir du moment où nous avions repéré la petite cellule de mutins, il fallait laisser l'opération de coup d'État se déclencher. Cela nous a aussi permis de repérer les ingérences étrangères et les grandes fragilités de nos réseaux de communication interministériels. Il fallait saisir l'occasion de ce *putsch* voué à l'échec pour régler son compte à la mouvance réactionnaire de la haute hiérarchie militaire.

— Sauf que les tentatives les plus folles et les plus grotesques peuvent parfois réussir. “Les coups d'État sont la maladie infantile de la démocratie. La meilleure des constitutions ne nous en prémunit pas.” J'ai lu cela ce matin, sous la plume d'une certaine Sarah Effenberg.

— Je vous assure que la sécurité de l'État n'a jamais été réellement compromise, même si nous avons vécu des situations critiques.

— Si vous le dites… Des nouvelles de votre agent un peu spécial ? Comment s'appelait-il, déjà ?

— Alexis. Considérons qu'il n'était pas notre agent, mais plutôt notre informateur. D'ailleurs, personne ne trouvera d'états de service à ce nom dans nos archives… et c'est tout autant l'informateur des services russes. Mais il est vrai que nous savions à peu près tout de ses agissements, et de ceux qu'il a manipulés. Un agent double, en somme.

— Si je comprends bien, la mission de votre agent, ou de votre informateur comme vous dites, consistait à accompagner une tentative de coup d'État vers son échec.

— Oui, nous suivions depuis quelque temps déjà des officiers généraux qui nous paraissaient particulièrement dangereux. Quand nous avons appris leurs premiers vagues projets d'insurrection, quand nous avons mesuré la nature complètement improvisée et hasardeuse de leur opération, j'ai pris la décision de les inciter à la précipiter pour ne pas donner le temps aux apprentis putschistes d'en organiser une plus solide. En résumé, nous les avons poussés dans une impasse.

— Et la jeune attachée parlementaire qu'on a retrouvée à Matignon ?

— Son audition n'a pas permis d'éclaircir toutes ses motivations. On sait qu'elle a été en contact avec ce Monsieur Alexis. On sait aussi qu'elle était en relation avec l'ambassade de Russie. Mais pour autant, elle a fait preuve d'un indéniable courage en portant secours à un conseiller du Premier ministre qui sinon se serait vidé de son sang sur place. Elle aurait pu s'échapper et fuir, elle ne l'a pas fait.

— Bon, j'imagine que l'Assemblée nationale va vouloir lancer une commission d'enquête, comme c'est son droit.

— Oui, nous avons commencé à nous y préparer. J'ai demandé à la capitaine Meriem de rassembler tous les documents utiles. »

Un silence gêné s'installa entre les deux femmes. Certaines questions ne doivent pas être posées, car leurs réponses ne doivent pas être formulées. Les non-dits, les silences, constituent aussi une forme d'éloquence pour les responsables de services de renseignement.

« Reste le sort de ce pauvre Flavio Lumaya… C'était un homme honnête, droit, un bon Premier ministre…

— Il y a eu une faille dans le dispositif de sécurité. Le lieu de villégiature du Premier ministre a fuité pour des raisons encore obscures.

— Il faudra tirer cela au clair. La seule certitude que nous avons, c'est qu'il entrera au Panthéon des martyrs républicains et des grandes figures de l'histoire politique tombés sous les balles des extrémistes : John Fitzgerald et Robert Kennedy, Olof Palme, Yitzhak Rabin… Servir jusqu'au bout, conclut la Présidente de la République. Peut-on espérer plus grand honneur ? »

Leçons démocratiques

France Info
1er septembre

« Ces derniers jours, on a pu entendre beaucoup de rumeurs dans les couloirs des ministères. Des rumeurs de suppression du Sénat, de suppression du poste de Premier ministre. Des rumeurs de grande purge dans l'armée et la gendarmerie.

« Heureusement, la sagesse semble l'avoir emporté sur l'émotion. La colère est toujours mauvaise conseillère, *a fortiori* quand il s'agit de toucher aux subtils équilibres entre les pouvoirs. D'après nos informations, la majorité se dirigerait vers un ajustement des règles d'intérim. En cas d'empêchement du président de la République, ce serait désormais le chef du gouvernement, puis les ministres par ordre protocolaire, qui seraient appelés à remplacer le chef de l'État. La présidence du Sénat va perdre en attractivité, mais on voit mal désormais comment il pourrait en être autrement.

« Les archaïsmes politiques ne se laissent jamais facilement déboulonner. Mais, en l'occurrence, il faut reconnaître que la crise que nous avons connue cet été semble avoir été de nature à régénérer la démocratie française. Comme l'a écrit un jour ce brave Winston Churchill : *Never waste a good crisis !* »

Fin de course

Pays basque
2 septembre

Depuis maintenant plus de quinze jours, Monsieur Alexis était parti de Paris à moto. Ses seules affaires tenaient dans un petit sac à dos noir dont il ne se départait jamais. Il avait traversé la France sans emprunter les autoroutes, uniquement par les routes nationales pour échapper autant que possible aux contrôles de police aux barrières de péage et aux systèmes de surveillance vidéo. Il avait traversé la région Centre, puis la région Pays-de-la-Loire avant de parcourir les routes de la Nouvelle-Aquitaine du nord au sud. Arrivé à proximité de la frontière espagnole, il décida à nouveau de prendre les chemins de traverse pour visiter les villages de l'arrière-pays. Quitte à fuir, autant le faire avec dignité et culture. Et puis, en cette fin de saison estivale, rien de plus facile que de se faire passer pour un touriste. Espelette, Ainhoa, Ascain, Biriatou, il prit plaisir à s'arrêter pour flâner entre les grosses maisons blanches aux poutres peintes en rouge, bleu ou vert. Il admira les frontons où de jeunes *pelotaris* s'exerçaient à frapper une petite balle à l'aide d'immenses chisteras en osier. Il se dit qu'une fois en Espagne, il pourrait facilement gagner une grande métropole, se faire oublier, puis dans quelques mois embarquer pour un cargo à destination de l'Amérique du Sud. Il pourrait alors profiter de la vie et de ses multiples comptes en banque.

Il redescendit tranquillement des contreforts pyrénéens pour se diriger vers la mer puis vers la frontière espagnole, qu'il comptait traverser incognito à son endroit le plus fréquenté, à savoir Hendaye. Il commençait à se faire tard. Les véhicules des touristes et des autochtones étaient devenus très rares. La petite route descendait en serpentant à travers les grands chênes aux feuilles vertes plantés le long des axes de circulation au XIXe siècle pour faciliter les mouvements des fantassins harassés par la chaleur. Une pluie fine se mit à tomber.

Perdu dans ses pensées, il ne remarqua pas la voiture noire qui le suivait de près. Elle accéléra d'un coup et percuta le motard, qui s'envola dans les airs avant de finir sa course dans le ravin. Deux hommes descendirent du véhicule. Ils observèrent d'un coup d'œil rapide le cadavre désarticulé qui gisait en bas, à proximité d'un petit ruisseau. Sortirent du coffre un jerricane d'essence dont ils aspergèrent la moto et le corps du conducteur avant d'y mettre le feu. Puis ils remontèrent calmement à bord et démarrèrent en trombe.

On conclura sans nul doute à un accident de la route. On s'étonnera à peine de ne pas réussir à identifier la victime, personne ne réclamera le corps ni ne signalera de disparition inquiétante dans la région, puis on classera l'affaire et on passera à autre chose. Les historiens retrouveront peut-être, dans cinquante ans, une obscure mention de ce pseudonyme – Alexis – au détour d'une note confidentielle dans les archives des services secrets russes ou français.

Aux grands hommes

Paris, place du Panthéon
21 septembre

La dépouille de Flavio Lumaya ainsi que celle de son compagnon entrèrent au Panthéon le 21 septembre 2022, pour le deux cent trentième anniversaire de la proclamation de la République. Des milliers de Français suivirent le cortège funèbre dans les rues de Paris.

Dans la tribune officielle dressée face au dôme du Panthéon, juste derrière la présidente de la République se tenait un triumvirat dont personne ne connaîtrait complètement le rôle joué lors de cet été hors du commun. Virginie Trinh Duc, le général Etchégarray et le préfet Richard Langlais observèrent sans un mot les deux cercueils portés par la Garde républicaine pénétrer dans l'édifice.

Aux grands hommes, la Patrie reconnaissante.

Ordo ab chaos. L'ordre à partir du chaos.

Bibliographie indicative de Sarah Effenberg

Javier Cercas, *Anatomie d'un instant*, Arles, Actes Sud, 2013 [2009].

Jean-Pierre Derriennic, *Les Guerres civiles*, Paris, Presses de Sciences Po, 2001.

Georgette Elgey, *Histoire de la IVe République*, 2 vol., Paris, Robert Laffont, Bouquins, 2020 [1992-2012].

Marc Hecker et Élie Tenenbaum, *La Guerre de vingt ans ; djihadisme et contre-terrorisme au XXIe siècle*, Paris, Robert Laffont, 2021.

Patrick Lagoueyte, *Les Coups d'État ; une histoire française*, Paris, CNRS Éditions, 2021.

Curzio Malaparte, *La Technique du coup d'État*, Paris, Grasset, 2008 [1931 pour la 1re édition].

François Mitterrand, *Le Coup d'État permanent*, Paris, Plon, 1964.

André Malraux, *L'Espoir*, Paris, Gallimard, 1937.

Gabriel Naudé, *Théorie baroque du coup d'État*, Paris, Pocket, 2022 [1639].

Gérard de Villiers, *KGB contre KGB*, Asnières-sur-Seine, Gérard de Villiers, SAS n° 105, 2015 [1992].

Playlist

Richard Strauss, *Also sprach Zarasthustra*, op. 30, TrV 176.

Richard Wagner, « La charge des Walkyries », prélude de l'acte III, scène 1 de *La Walkyrie*.

Carl Orff, *Carmina Burana*.

Michel Delpech, *Dieu que Marianne était jolie*, paroles de Michel Delpech, musique de Pierre Papadiamandis, single, Barclay, 1972.

Michel Berger, « Les princes des villes », Album *Voyou*, Apache, 1983.

Gérard Lenorman, « Si j'étais président », paroles de Pierre Delanoë, musique de Gérard Lenorman, Album *La clairière de l'enfance*, CBS Disques, 1980.

France Gall, « Résiste », paroles et musique Michel Berger, Album *Tout pour la musique*, WEA, 1981.

Guns N'Roses, « Civil War », album *Use your Illusion II*, Geffen Records, 1991.

Têtes raides, « L'identité », album *Gratte poil*, Tôt ou tard, 2000.

AC/DC, *Highway to hell*, Label Albert, 1979.

Metallica, « The Unforgiven », album *Metallica*, Elektra Records, 1991.

Les Fatals Picards, « Les Princes du parc », album *Le Sens de la gravité*, Warner, 2009.

Remerciements

Remerciements appuyés à tous ceux qui m'ont aidé ou inspiré dans l'écriture de cette fiction politique. Par ordre alphabétique : Shani Benoualid, Emmanuel Clerc, Pascal Courtade, Thibault Delahaye, Ève Derriennic, Martin Gouesse, Marc Hecker, Yohannes Hommel, Yoann Iacono, Catherine Jean-Joseph Sentruc, Cindy Léoni, Dario Lutchmayah, Julien Mayer, David Medioni, Stéphane Nivet, Muriel Oheix, Jérémie Peltier, Hélène Rouanet, Anne-Sophie Sebban-Bécache, Jeremy Sebbane, Mario Stasi, Floriane Trillaud.

Toute ma gratitude va à Manon Viard et aux éditions de l'Aube pour leur confiance et leur soutien.

Table des matières

Pour limiter l'empreinte environnementale de leurs livres,
les éditions de l'Aube font le choix de papiers
issus de forêts durablement gérées et de sources contrôlées.

Achevé d'imprimer en avril 2022
sur les presses de l'imprimerie New Print
pour le compte des éditions de l'Aube
331, rue Amédée-Giniès, F-84240 La Tour d'Aigues

Numéro d'édition : 4904
Dépôt légal : mai 2022

Imprimé dans l'Union européenne